無属性魔法の救世主《メサイア》
10
Kenta Mutoh
武藤健太
illustration
るろお
〈アスラ〉
「大丈夫？」

「あ、あなたは……」
腰が抜けて立ち上がれず、
ミレディは言葉を
発することしかできなかった。

「私は癒しと愛を司る
水の『神級精霊コーラス』」

「ジュリア…その耳…」

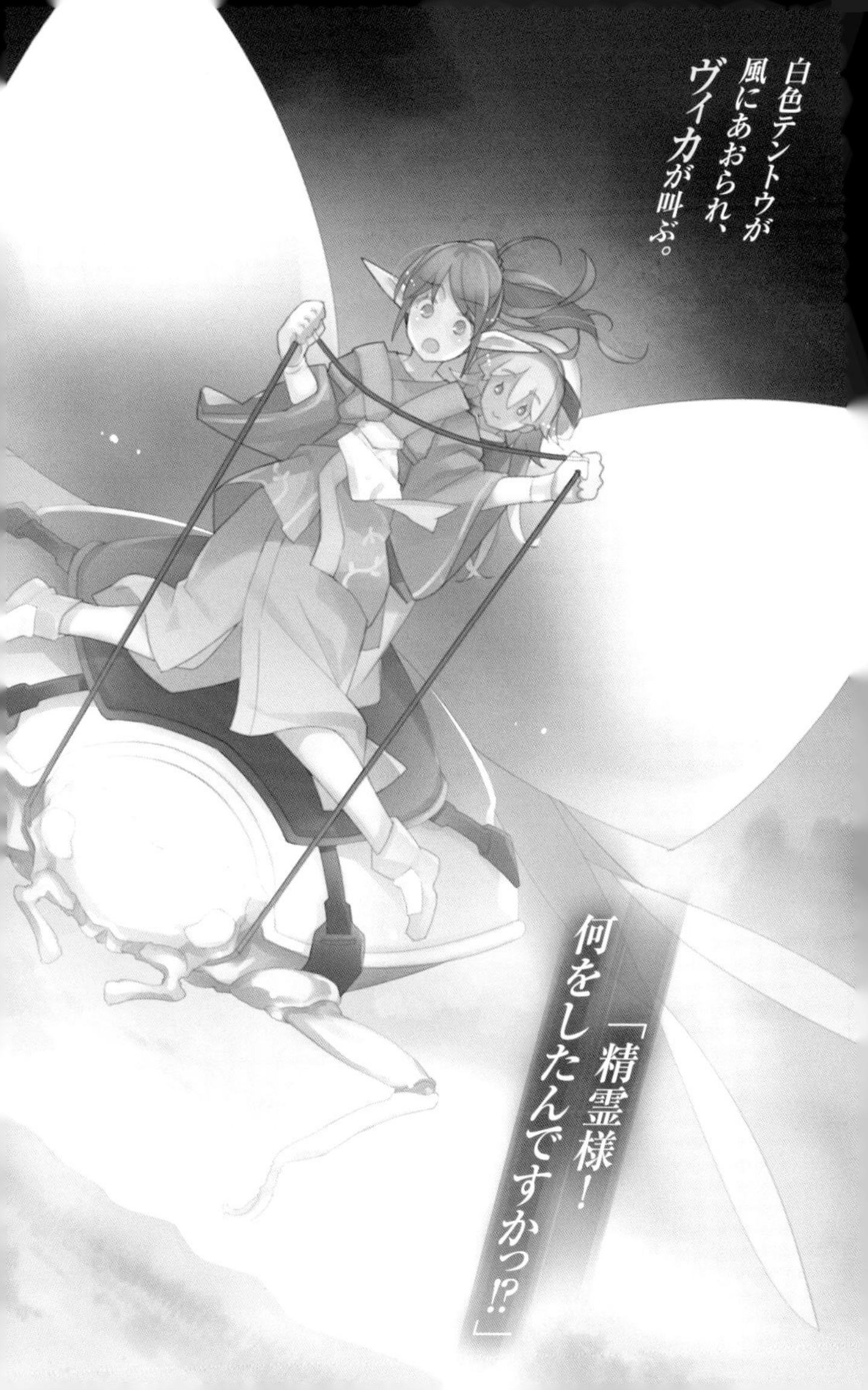
白色テントウが風にあおられ、ヴィカが叫ぶ。
「精霊様！
何をしたんですかっ⁉」

ベレー帽からウサギの耳が
ぴょんと飛び出した。
鎧化《アムド》したアスラが、
コーラスを包んでいるのがわかる。

「神級精霊の私が、
別の神級精霊の鎧《よろい》を
身につける時が
来るなんて……」

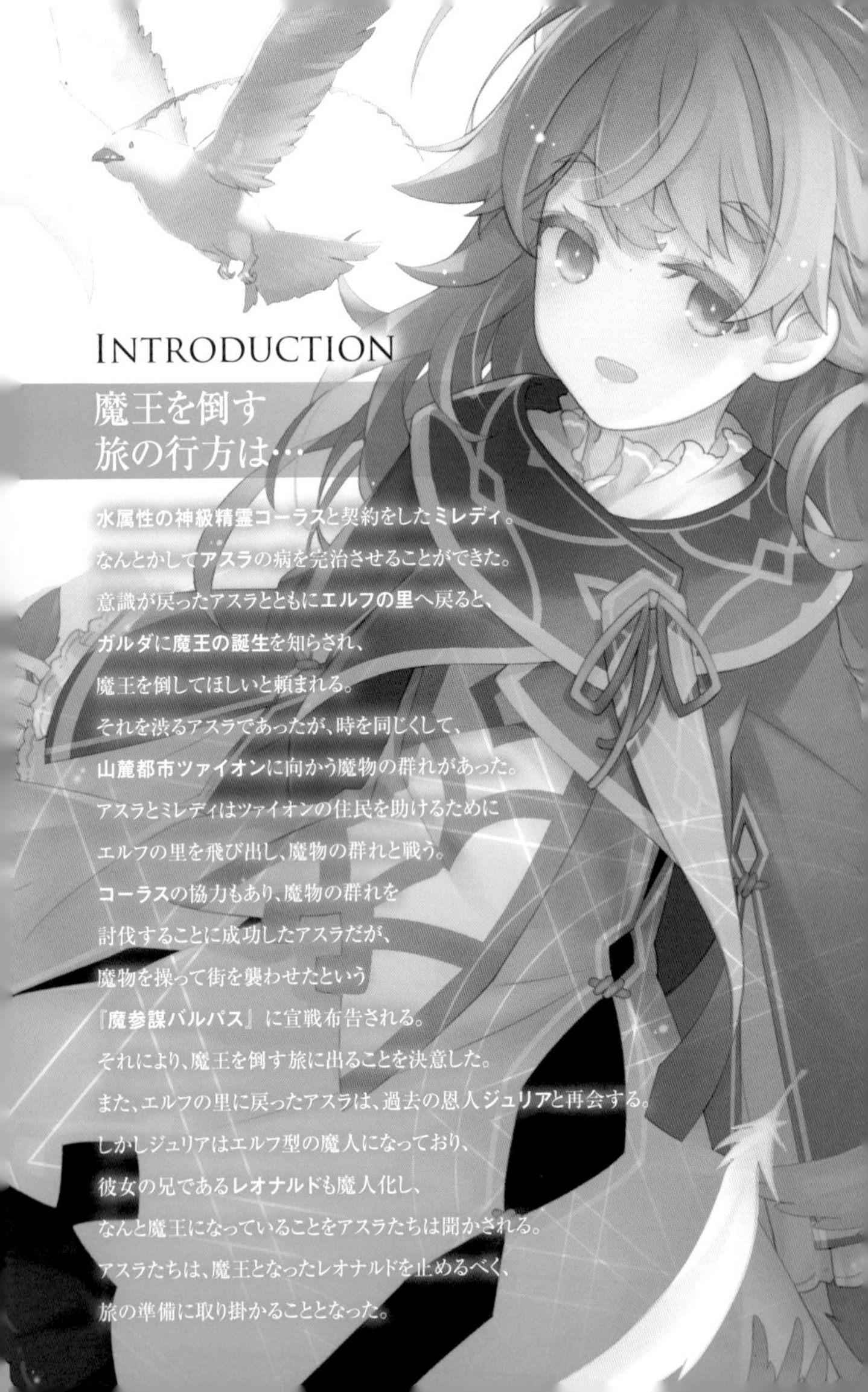

INTRODUCTION

魔王を倒す旅の行方は…

水属性の神級精霊コーラスと契約をした**ミレディ**。
なんとかして**アスラ**の病を完治させることができた。
意識が戻ったアスラとともに**エルフの里**へ戻ると、
ガルダに**魔王の誕生**を知らされ、
魔王を倒してほしいと頼まれる。
それを渋るアスラであったが、時を同じくして、
山麓都市ツァイオンに向かう魔物の群れがあった。
アスラとミレディはツァイオンの住民を助けるために
エルフの里を飛び出し、魔物の群れと戦う。
コーラスの協力もあり、魔物の群れを
討伐することに成功したアスラだが、
魔物を操って街を襲わせたという
『**魔参謀バルパス**』に宣戦布告される。
それにより、魔王を倒す旅に出ることを決意した。
また、エルフの里に戻ったアスラは、過去の恩人**ジュリア**と再会する。
しかしジュリアはエルフ型の魔人になっており、
彼女の兄である**レオナルド**も魔人化し、
なんと魔王になっていることをアスラたちは聞かされる。
アスラたちは、魔王となったレオナルドを止めるべく、
旅の準備に取り掛かることとなった。

無属性魔法の救世主《メサイア》 10

武藤健太

ヒーロー文庫

10
無属性魔法の救世主《メサイア》

CONTENTS

illustration / るろお

イラスト／るろお
装丁・本文デザイン／5GAS DESIGN STUDIO
校正／有園香苗（東京出版サービスセンター）
DTP／鈴木庸子（主婦の友社）

この物語は、小説投稿サイト「小説家になろう」で
発表された同名作品に、書籍化にあたって
大幅に加筆修正を加えたフィクションです。
実在の人物・団体等とは関係ありません。

プロローグ

ミレディの行動は早かった。

俺はここ数週間、発熱が続いている。なかなか治らない。

しかし、先日のミレディの兄ノクトアの母親であるミカルドからの手紙には、俺の病は治ると書かれていた。

宛名はカヴェンディッシュ家領主であるダリク。イヴァンの父親だ。

この世界における俺の父親レイヴンが、ミカルドが所長を務める監獄レイヴンクロフト内で他界したらしい。

レイヴンは、解放軍の親玉だったゼフツの陰謀により投獄されていたのだが、それ以前は魔法研究所で働いていたらしいのだ。

そこで、現魔法研究所長であるダリクのもとに遺言書がミカルドにより届けられたとのこと。

手紙の差出人であるミカルドは、俺が生きていることはおろか、カヴェンディッシュの屋敷に俺がいることなど、夢にも思わないはずだ。

しかし、遺言の内容は、幸いにも、レイヴンの命を奪った病の治療についてである。

その病は、この世界の俺の母であるルナも患っていたものだと、遺言書に書かれていた。そして渡りに船とはこのこと、俺の今の症状とも酷似していた。

だから、ダリクはミカルドの手紙を俺に寄越したのだ。

俺の病……つまりレイヴンやルナの病が治ると断定したのは、レイヴン本人だった。レイヴンも俺やルナと同じ病を患いながら、死ぬ間際に残した遺言で治療可能だということを書き記していたらしい。

その手紙から推測できるのは、俺の病は自然に治癒するものではないということ。

俺とミレディは、病の治療法について調べるため、ミカルドを訪ねようと決めた。

しかし、カヴェンディッシュ家の屋敷を出発するには、やることが山ほどある。

まず、俺たちが屋敷にいる理由は、カヴェンディッシュ家の領主であるダリク＝カヴェンディッシュの屋敷警備の依頼を冒険者として引き受けているからである。自分たちの都合で一度受けた依頼を終わらせて良いものなのか？

ダリクから許しが出ても、この屋敷の警備はどうする？

解放軍の残党がいつまたオリオンを狙って襲撃してくるかもわからない。

それに旅の準備だ。カヴェンディッシュ領からミカルドのいる水都メーザまで、相当な距離がある。

王都まで行ってしまえば移動手段に汽車が加わるが、馬車は王都からしか出ていない。荷物も相当な量になるだろうが、そもそも俺たちは長距離移動できるような荷物を持っていない。

しかしだ。

冒頭にもあるとおり、ミレディの行動は早かったのだ。

「ダリク様……大変恐縮ですが、屋敷の警備依頼を近々、完遂《かんすい》という形で終わりにしたいのです」

ミレディは俺が熱で寝ている間に、ダリクに直談判したのだと、後になってセバスチャンに聞いた。

貴族らしい堂々とした表情で、しかし嫌味のない綺麗《きれい》で慎ましやかな態度とお辞儀だったのだという。

「アスラ君のことだね。お母様から手紙をもらったとか」

「兄の母です。アスラの病気が治るかもしれないと……」

「うん。大変結構じゃないか。好きにするといい。ギルドには君たちの依頼以上の働きを報告しておくよ」

「ありがとうございます」

「その代わり、オリオンはここに置かせてもらうよ。彼女には僕の研究を手伝ってもらう」

「はい、問題ありません……もし警備が引き続き必要であれば……」

「いいや、それには及ばないよ。あの大人数の解放軍の残党を捕らえたんだ。まだ残党が他にいたとしても、こちらの脅威を無視できないはずさ」

「……感謝します」

「必要な用意はこの屋敷にあるものを使うといい。セバスチャン、彼女の荷造りの手伝いを」

「かしこまりました……さぁ、ミレディ様こちらへ」

なんと、ミレディはダリクとの交渉を済ませた上に、長旅に備えた必需品の手配も済ませようとしていたのだ。

ミレディの行動力と手際の良さ、それに度胸には舌を巻くばかりである。

屋敷を出る時はもう間もなくだ。

俺は心構えをすることしかできない。

「ミレディ……ありがとう」

ミレディが旅の用意を済ませた時には、俺の体の脱力感はかつて感じたことがないほど重くなっていた。

自分の声が弱々しい。

ミレディは紺のフード付きマントを身に着けている。

もう屋敷を出る気なんだ……。

「大丈夫……？　まだ熱高いね……」

ミレディが俺の額に手を当てると、彼女の手の冷たさが気持ちよかった。

「イヴァンが馬を一頭貸してくれるって。王都まで我慢できる？」

「大丈夫だ」

はっきり言って強がりだった。

王都まで気力を保っていられるか自信がない。

だけど、それ以外に手段はないのだ。

それに、冒険者ギルドの屋敷警備の依頼で来ているというのに、こちらの都合で依頼を終了させる旨を了承してくれた上に、旅に必要な物まで用意してくれたダリク。荷造りを手伝ってくれたセバスチャン。馬を一頭貸してくれるとまで言ってくれているイヴァン。彼らの厚意は素直に受け取りたかった。

何より、好きな子に大丈夫かと聞かれれば、大丈夫だと答えるのが男でなのある。

後悔はない。

「王都からここまで馬車で丸二日だったから、馬車より少しは早く王都に着くと思う……頑張るんだよ。しんどかったらしんどいって言っていいから」

準備の間、ベッドで横になっている俺にミレディが告げる。

ミレディの表情には優しさや心配、思いやりなどの感情は微塵《みじん》も出ない。

しかし、俺は彼女という人間を知っていた。

表情に出すのが苦手な女の子。

普通の女の子だ。

言葉だけで、嬉しかった。

俺がベッドから起き上がると、同じマントをミレディが俺に被せる。

「アスラ、馬に乗ったことある？」

「ないかな……ミレディは？」

「フォンタリウスの屋敷で乗馬は習ったよ。私が手綱を握るから、私の前で捕まっててね」

うん、と頷《うなず》くことしかできない自分が情けない。

弱々しく立ち上がって部屋を出ると、執事のセバスチャンとメイドのザジがいた。

「アスラ様、ご武運を」

ザジがうやうやしく礼をして、部屋から荷物を運び出してくれる。

その間に、セバスチャンが俺に向き合った。

「アスラ様、自惚《うぬぼ》れるつもりはありませんが、元騎士隊の精鋭だった私とザジを組み伏せた、あの時のあなたは間違いなく強者でした。いつまでも、強者でいてくださいませ」

　セバスチャンは力強く俺の手を握り、握手をした。

　そして懐から折り畳まれた紙を取り出す。古ぼけた紙だ。セバスチャンは、それを俺に手渡した。

「強者のあなたの役に立てばよいのですが」

「これは……地図？」

　破れないように紙をそっと開くと、かなりの大きさになった。この大陸全土の地形や土地の特徴が事細かに記されている。

「今は亡き、私の父から受け継いだものです。父は知識こそが強者だと言った。私は信じず騎士隊に入隊しましたが……。でも、騎士隊時代に使い込み、少なくとも強者に必要なものだと感じました」

「親父さんからって……形見じゃないか。もらえないよ」

「あなたが……持つに相応《ふさわ》しい。父も喜ぶ」

「そんな……」

　押し付けられるように、地図を受け取った。

「私はイヴァン坊ちゃまやザジのことを、息子娘同然に思っています。もちろん、あなたたち二人も……付き合いは短いですがね」

セバスチャンは軽く笑う。

「息子や娘の旅立ちに地図を贈るだけのこと。どうか、役立ててくださいませ」

セバスチャンは深くお辞儀をして、俺の返事も待たずに、さっさと屋敷の出口へ先に行ってしまった。

ザジが部屋から荷物を運び出し、馬に乗るまで待ってくれるようだ。

俺は若干ふらつきつつ、屋敷の出口まで来た。

そこにはダリクがいた。

「セバスチャンのやつ、きっと寂しいんだ。やけに君たちのことを気に入っていたからね」

ダリクは呟《つぶや》くように俺たちに耳打ちする。

「セバスチャンには子供がいない。たまに来て顔を見せてやってくれないか。君たちならいつでも大歓迎だ」

「ええ、もちろん」

「この度のことは助かりました。感謝いたします」

軽い俺の返事に比べ、ミレディは貴族同士の丁寧なお辞儀をした。

「これは君たちにじゃないが、餞別《せんべつ》だよ。ミカルドさんに渡してくれ」

「は、はい……」

小さな便箋に入った手紙だった。蝋《ろう》で封がされてある。

「ゼフツ＝フォンタリウスが捕らえられた今、何か後ろ盾がないとフォンタリウス家は何かと生きにくいだろう。僕が一役買おうと思ってね」

俺とミレディの怪訝《けげん》そうな顔を見兼ねたのだろう。そう説明を付け加えた。

「ありがとうございます」

再度、ミレディがお辞儀をする。今度はダリクも貴族のお辞儀を返した。

ミレディの父親であるフォンタリウス家領主のゼフツが解放軍の親玉だったことが世間の明るみに出た今、フォンタリウス家の信用は地に堕ちている。だからミレディも聖女の職を辞したのだ。

どんな手助けであれ、ダリクが何らかの力になってくれるらしい。カヴェンディッシュ家は、元平民だからだろうか、訳ありの俺たちに対しても心尽くしがある。

屋敷から出た俺とミレディの前には、馬を連れたイヴァンと、オリオンが待っていた。

「馬が二人に慣れるまで、俺が歩いて手綱を引くよ」

「ありがとう……馬も借りちゃってごめんね」

「いいさ。お前たちには世話になったからな」

イヴァンとミレディが別れを交わした後、オリオンも続く。

「私も……アスラには助けられました。この屋敷に迎えられるなんて思ってもいなかったのですから」

「何言ってんだ。助けてもらったのは俺の方さ。ミレディのこと……ありがとう」

オリオンは人間だった頃の記憶がある珍しい元人工精霊だ。人間だった頃は恋愛経験を積んでいたらしく、ミレディと恋仲になるためのアドバイスをもらっていた。

「私の……？　何のこと、アスラ……」

「あはは……また後で話すよ」

もちろんミレディ本人はそんなこと知らない。

そう、俺はミレディと付き合っているんだ。

何だか変な感じだ。

そう自覚するたびにフワフワするような、ドキドキするような、変な動悸《どうき》と高揚感が沸き起こる。

俺は精一杯の笑顔を作り、オリオンと握手を交わした。

イヴァンの馬には、俺が先に乗る。ミレディに下から押し上げられただけで、乗ったというより乗せてもらったといった感じ。

俺の後ろにはミレディが軽々と乗り、手綱を握る。俺はミレディの両腕で挟まれ、体で後ろも固定される形になる。

今のミレディは、体だけ年上で、俺より背が高いせいか、妙に安定感があった。

ミレディは小声で、もたれていいよ、と耳打ちしたが、俺は強がって寄り掛かりはしなかった。

所詮《しょせん》は、今だけのチンケなプライドだろうが……。

「では……みなさん、お元気で……」

俺が熱で弱っている今、ミレディが率先して話す。そんな一面もあるんだと感動する反面、自身の情けなさを呪う。

ミレディの無表情で抑揚もない平坦な挨拶《あいさつ》にも、カヴェンディッシュ家の人々は手を振って送り出してくれた。

「アスラ様、ご健闘をお祈りしております」

最後の最後。

セバスチャンが馬の上の俺を見上げた。

「お元気で」

「イヴァン、領地の終わりまで二人を頼んだよ」

ザジ、ダリクがそれに続いて、お辞儀と笑顔をそれぞれ送ってくれる。

俺とミレディも手を振った。

彼らは俺たちが森に消えるまで、ずっと見送り続ける。

カヴェンディッシュ家は、まるで本当の家族のように温かかった。

そこまで尽くしてくれるだけのことを、俺たちはしてあげられていただろうか。
いいや、足りない気がする。
機を見て、また訪れよう。
我が家に帰るような気軽さで、きっとまた。
イヴァンが徒歩で引く馬は、ミレディと俺を乗せて快調に進んでいた。

75話　俺の聖女様

カヴェンディッシュ家領地の終わりまでは、意外と近いのだとイヴァンは道すがら話した。

確かに、王都から馬車で来た時はカヴェンディッシュ家領地に入ってから屋敷まですぐだったように思う。

イヴァンは馬の頭絡《とうらく》から伸びている手綱をミレディに握らせ、自分は手綱の根本にあるハミの一部を掴《つか》み、先導していた。

俺は馬の鞍《くら》の突起部を掴んでまたがっているだけである。

「コイツの名前はフォルマッジってんだ。人懐っこいやつだからお前たちにもすぐ馴染《なじ》むだろうぜ」

フォルマッジ。

道中、俺たちを運んでくれる重馬の名前だそうだ。

手入れされた綺麗《きれい》な貴族の馬というより、強靭《きょうじん》な躯体《くたい》と穏やかな性格の馴染みやすく安定感のある馬という印象である。

茶色い毛並みに、たくましい脚。頑丈な胴体は乗り心地が良い。発熱がある今、乗馬ってもっとしんどいものだと思ってたよ。

しかし、一つ惜しいのが名前である。

フォルマッジってピザだぜ？

こんなダサいネーミングセンスの持ち主など、俺の知る限りでは一人しかいない。

「名付けたのはジムか？」

「お、よくわかったな」

「だって名前がダサいったら」

「……」

イヴァンはバツが悪そうに押し黙った。当たりだ。このネーミングセンスが著しく欠如した名前を付けたのはジムだ。

やつに将来もし子供ができた際には、全力で名付けを阻止したい。

屋敷を出発してから小一時間が経った。

太陽の位置からすると正午を迎えるのは、まだまだ先。

屋敷を囲っていた森の中の道を抜けると、広い草原に出た。草原の先には小高い山が連なっており、王都はまだまだ見えない。

天候は快晴。心地の良い風がフォルマッジを後ろから押すようだ。

発熱さえなければ、気持ちの良い気候に晴れやかな気分になっていたことだろうが、いかんせん倦怠《けんたい》感や悪寒がひどかった。

「カヴェンディッシュ家の領地はここまでだ。ここから先は、王都近郊になる」

イヴァンがフォルマッジのハミから手を離して立ち止まる。手綱が完全に自由となり、操馬はミレディに託された。

「ここまでありがとう……」

「助かったよ、イヴァン。フォルマッジは大切にするよ」

ミレディ、俺はイヴァンに礼を言う。

フォルマッジはご機嫌なようで、ブルルとうなりながら顔を振った。

「ああ、そうしてくれるとコイツも喜ぶ」

そんなフォルマッジの様子を見て、イヴァンは笑った。

「アスラには言ったが、俺は魔法研究所で働く。そのために魔法学園で勉強するよ。お前たちはどうするんだ?」

イヴァンは、俺たちが屋敷を出る前に、これからの目標を語ってくれた。目指すは、『コロナの秘宝』の研究。立派な目標である。

しかし、今の俺たちには、イヴァンに胸を張って言えるような目標はなかった。

「そうだね。とりあえずはアスラの病気を治すことかな……」

「だな……」

ミレディの言葉に俺も頷《うなず》く。

「大丈夫だと思うぜ。馬鹿の病気はすぐ治る」

「馬鹿はお前だ、イヴァン」

「うるせぇ、バァーカ」

「バァーカ、バァーカ」

イヴァンなりの励まし方。悲しくない別れ方。俺とイヴァン、延いては魔法学園の連れたちの中だけで成立するやりとり。

みんな口下手だから、また会おう、と言えないだけと言えば、それまでである。

「へへへ、じゃあな、馬鹿」

「おう」

軽く手を挙げて、イヴァンは俺とミレディを見送った。

なんて清々しいやつなんだろう。そう思った。

ミレディが手綱を少し引くと、フォルマッジはカッポカッポと蹄《ひづめ》を鳴らしながら進み始める。

俺はミレディの胴に背中を預け、振り返ることはできなかったが、イヴァンはきっと俺たちが見えなくなるまで見送っている。そんな感じもした。

イヴァンと別れてからは、しばらく牧歌的な草原が続く。

終始、ミレディが手綱を握る予定だ。俺はミレディにもたれながら、体を休めることだけを考える。眠ろうとしたが、背中に感じるミレディの感触に意識が向き、なかなか落ち着かない。

ミレディ……ほっそりとしてるけど、発育はちゃんとしてたんだな……。

体調が悪くても煩悩《ぼんのう》はあるんだもんな。参っちゃうよ。気を紛らわせようと、フォルマッジを撫《な》でた。

少しゴワゴワとした硬い毛が俺の手を押し返す。すると蹄の音が軽快になり、首を何度か振った。本当に人を乗せるのが好きなようだ。少し、愛着が湧く。

草原をしばらく進むと、山麓に差し掛かる。高原には岩肌が多く見受けられた。

さらに進むと、景色は野原からガラリと切り替わり、岩場の多い山道となる。

フォルマッジの蹄《ひづめ》が岩と小気味の良い音を鳴らし、俺を少しの眠りに誘った。

◇◆◇

これは夢だ。俺は眠りについたのだ。

何度も見た夢である。夢独特の朦朧《もうろう》感がない変な夢。お決まりの光景が広がっている。

どこまで広がっているのかわからない暗闇に、自分の頭上から一つだけスポットライト。

地面には水が薄く張られている。

そして聞こえる水面を軽快に跳ねる小さな足音。

スポットライトの下に現れたのは、白いウサギである。

「熱はまだ引かないのね」

そしてソプラノの声は、相変わらず美しい。

俺とウサギはこの夢の中だけの関係だが、何度も同じ夢を見せられるため気を許してしまった。

「ああ、しんどいね……」

どうやら体の不調はこの夢の中にも引き継がれているようで、足元の薄く張られた水に寝転がると、上手い具合に後頭部と背中が冷やされて気持ちが良い。

「……エルフの里に行きなさい」

唐突にウサギは言う。

「長耳族の？」

「そう、里に行けば治す方法はあるわ」

頭をひねり考えてみたが、所詮《しょせん》は夢の中のウサギが言うこと。眉唾《まゆつば》程度にしか思えない。

「はいはい、水都メーザに行ってからね」

「……信じてないわね？」

「半信半疑かな」

ウサギは、まるで人がするような仕草で、ガクリと肩を落とす。その仕草が妙に堂に入っていて、少し面白かった。

「何を笑っているの」

「別に……」

「まあいいわ。そのメーザとやらに寄ってからでもいいから、エルフの里に行くのよ」

「わかったけどさ……そのエルフの里ってのはどうやって行くのさ？」

その後、ウサギが何かを言っていたが、その声は潰れて聞こえた。まるで電波状況の悪いラジオのように、ブツブツと断続して聞こえるのだ。

次の瞬間には一気に視界が白く塗りつぶされる。

◇◆◇

覚醒した。

「ごめんね、寝てたのに……」

目覚めると、ミレディの声がした。

フォルマッジの上。ミレディが俺を前に抱えるように手綱を握っている。寝る前と同じだ。

しかし、なぜか俺たちを乗せたフォルマッジは、大草原を全力で疾走しているではないか。

そしてその横をかすめる一閃《いっせん》の炎。

それを見た途端、目が冴えた。

「グォアアアアッ！」

さらに、後ろから落雷のような轟音が投げ付けられる。

ミレディの肩口から後方を覗《のぞ》き見ると、そこには翼竜がいた。

「ワイバーン……ッ！」

俺が寝ている間に、ワイバーンに襲われたのだ。

ワイバーンの翼には多くの氷が付着している。きっとミレディが応戦したのだろうが、ワイバーンを止めることはできなかったのだ。

ミレディが俺を叩き起こすなんて珍しいと思ったら……。

周囲を確認するも、身を隠せるような障害物はない。森が先に見えるが、まだまだ距離があった。

森に入る前にフォルマッジが焼き馬肉にされては、この旅はかなり困難になるし、何よりイヴァンに申し訳が立たない。早目に手を打とう。

「ミレディ、後ろに回るから、手綱を持ってそのまま走らせてくれるか」

「う、うん……でもアスラ……」

「体調は大丈夫。寝たらマシになった」

努めて笑う。

しかしミレディは不安そうなまま、表情を曇らせている。俺の強がりに気付いているのだろうか。何を隠そう、全く大丈夫じゃないし、体がかなりだるい。なんならもう一度ここで眠れる。

「グォアアアア！」

ワイバーンの咆哮《ほうこう》を聞くと、そうも思っていられない。

一瞬で終わらせよう。

フォルマッジの背中を借りて、一気に空中に舞い上がる。空中で体をひねり、ワイバーンと向き合うと、ワイバーンも即座にこちらの動きに反応し、口から火を噴こうとしていた。

それに呼応するように俺は青白く光る無数の粒子を身にまとい、精霊化する。顔にはウサギの仮面、手には霊基《れいき》の鎖鎌《くさりがま》を出現させた。

ワイバーンの口から放たれる炎の中心を射抜くように鎖鎌の分銅を磁力操作の魔法を使い、射出する。

分銅は吸い込まれるかのごとくワイバーンの喉奥に衝突。ワイバーンは急激な体内の痛みに身をよじりながら、羽ばたく動きを緩める。

空中戦は一瞬でカタがついた。

俺はフォルマッジの背中、ミレディィの後ろに着地する。

俺の落下の衝撃にフォルマッジは一瞬、足への負担を見せたが、直後には持ち直し、疾駆を継続させた。

さすがは鍛えられた重馬。助けられた。

ワイバーンは旅客機が不時着するように草原に胴体から落下し、フォルマッジをこれ以上追ってくることはなかった。

それを後方に見て、安全を確認すると一気に体の力が抜ける。精霊化が勝手に解除された。ミレディィに後ろから抱きつく形で体重を預けてしまう。

「わ……っ」

ミレディィにしては珍しく驚きの声を上げて、フォルマッジの速度を緩めた。

フォルマッジはワイバーンが追ってこないことに安心したのか、ゆったりと歩き始める。振動が収まり、俺はさらに脱力した。

「ごめん……ちょっとしんどいや」

「ううん。アスラが楽ならそのままでいいよ」

「ありがとう……」

急な発汗と息切れ。緊急事態の直後だというのに、ミレディの声はいつもの無抑揚。落ち着いた声に、余計に体の力が抜けるのを感じる。

汗をかいて気持ち悪いだとか、息が切れてしんどいなどの不快感よりも、眠気が強い。

俺はまたすぐに電池が切れたかのように眠りについた。

◇◆◇

次に目が覚めたのは、フォルマッジから降ろされる時だった。

場所は……どこかの街……いや、村の中。

地面は土が剝《む》き出しになっていて、周囲には小さな民家しかない。

空はどんよりと雲が立ち込めており、発熱した俺の体には小雨が心地良かった。

「ここは……？」

「王都までの中間地点にある村だよ。今から宿に入るの」

ぼんやりと目を開けて近くの建物を見ると、『ガザフ村の宿』と看板が掲げられていた。ミレディが先にフォルマッジから降りており、俺は下から引きずり下ろされるようにミレディに引っ張られ、そのままミレディに背負われる。

「う……っ」

俺の体重を背中で受け止めたミレディが小さくうめく。

ごめんな、ミレディ。声にはならないが、ぼんやりとそう思った。

フォルマッジはそのままに、ミレディは俺をおぶったまま宿の中に入り、手近な椅子《いす》に俺を座らせてくれる。

「フォルマッジを馬宿に預けてくるから、ここで待ってて」

俺は力なく頷《うなず》くことしかできなかったが、ミレディは満足そうにそれを確認してから、宿を一度出た。

しばらくしてからミレディが宿に戻って来る。フード付きのローブは小雨で所々が湿っていた。彼女は俺が椅子にちゃんと腰掛けているのを確認すると満足そうに頷き、宿のカウンターで宿主と話し始める。

宿は平家で、部屋数も多くはなさそうだが、客が全く見られない。部屋は簡単に取れるだろう。

ミレディの手続きを朦朧《もうろう》とする意識の中、ぼんやりと眺めていると、部屋の鍵を持ったミレディが戻ってきた。

「王族手形、便利だね。すぐに部屋用意してもらえるって」

「……」

返事は……できなかった。それでもミレディは普段無口だとは思えないくらい、俺に声を掛けてくれる。

自分が情けなくて、俺は強がり、部屋まではミレディの肩を借りるだけにした。また背負われたら格好悪い。

しかし部屋に入るなり、俺はベッドに倒れ込んだ。硬いベッドだった。あまり良い宿ではない。それでも、この宿の中では最も良い部屋なのだろう。

「アスラ、ローブ脱がしてあげる」

脱力しきった今の俺からローブを剥ぐことなど、ミレディにとっては楽な仕事のようだ。

「ついでに体も拭いてあげるから、上の服脱いでて」

「……」

ろくに返事もできない。口からは熱い吐息しか出なかった。ベッドの上でごろごろ転がりながら上半身の服を脱いでいると、ミレディが宿主からお湯をもらって来てくれた。

ミレディはタオルをお湯に浸し、それで俺の体を拭いてくれる。

「今日はワイバーンから守ってくれてありがとう。ごめんね、無理させちゃって」

「……」

「宿の人も言ってたよ。最近魔物の動きが活発化してるし、数も増えたって」

「……」

「はい、拭けたよ。あとは自分で拭いてね。ここにお湯置いておくから」

「……ミレディ………」

話す気力がまったく出ない。それをわかってミレディは気さくに話し掛けてくれている。

本来、彼女は無口だ。彼女にそうさせてしまっている自分が情けなくて仕方がなかった。

「ん?」

「……ありがとう」

短くてもいいから、気持ちのこもった言葉を返したかった。

「いいよ。困った時はお互い様なんだよ」

そう言って俺の頬《ほお》に口付けをするミレディ。

触れた唇がひんやりとして、それでいて柔らかかった。

◇◆◇

それから、俺は眠りにつくまで終始ぼんやりとしており記憶が曖昧《あいまい》だったが、どうやら自分で体の残りの部分を拭き、ちゃんと眠ったようだ。

翌朝、宿の外の喧騒《けんそう》で目が覚めた。

まだ体が熱い。熱は下がっちゃくれない。

すでにミレディも起きており、何やら急いで荷物をまとめている。

「起きたの……？　アスラが起きる時はいつも騒がしいね」

「騒がしいって……なんで……？」

自分に話す元気があるのはわかった。フォルマッジにまた一日またがっているくらい平気だ。

が、しかし。

ミレディはそれどころではなさそうだ。

「アスラ、よく聞いて」

ミレディは荷物をまとめながら、少し焦ったように話を始める。

「少し前に魔物の群れがこの村に攻め込んで来たみたいなの。みんな村を逃げ出してる……私たちも村を出よう」

「……えっ」

弾かれたように部屋の木窓を開けると、逃げ惑う村人たちが右往左往していた。

遠くには村人に襲いかかる魔物が見える。ゴブリンがほとんどであるが、その中にオーガが一体いた。

「みんなが逃げる時間を稼ごう」

本当は体のだるさを理由に一目散に逃げ出したいが、複数のゴブリンと一体のオーガだけなら、蹴散《けち》らせない勢力でもない。

にしても、魔物がこんなに王都に近づくのは珍しいな。それに、王族手形を見せてここに泊まってる手前、王国民を守る姿勢を見せといた方がいいよね。

「そうだね。これ、アスラのローブだよ。顔隠してね」

「ああ……」

「……大丈夫？　やっぱり、辛そうだね……」

さすがに見て取れるか。

ミレディの言う通りだ。少しふらつく。座っていると幾分か体は楽だが、立っていると気持ちの悪い浮遊感に陥って、足がよろけてしまうのだ。

「わ、わかる？」

「もちろん」

どれだけ一緒に過ごしてると思っているの、とでも言うかのような目だ。

それでも俺はローブを着て、村を出る準備をした。のんびりしている時間はない。ミレディはさっさとフォルマッジを馬宿から連れ出し、宿の前に乗りつける。

「この辺で魔物の相手してたら、魔物の注意も村人より俺たちに向くだろうさ」

「アスラ……ここで戦うの……?」

「うん? 少しだけなら大丈夫だよ」

いや、大丈夫じゃない。無理だ。自分の体のことは自分でよくわかっているつもりだ。おそらく、この数の魔物を相手にしようものなら、力尽きるに違いない。

ミレディの不安そうな表情の曇りが晴れることはなく、その間にもこちらに気が付いたゴブリンが向かってきた。

ゴブリンが追いかけていた村人たちは、きっと逃げおおせるだろう。ここでゴブリンの一匹や二匹痛めつけて悲鳴でも上げさせりゃ、村人を襲う他の魔物もこちらに来るに違いない。

ゴブリン相手なら精霊化する必要もない、というよりも、精霊化する体力がない。

「アヤシイヤツガイル!」

「コロセ!」

「オンナモイル! オンナダ!」

数匹のゴブリンが距離を無警戒に詰めて来た。

人間の子供サイズの小鬼である。磁力操作で充分だ。

クシャトリアからもらった鎖鎌《くさりがま》カイザーチェインを腰からさっと抜き取り、すかさず分銅を磁力で放つ。分銅は軽々と一匹のゴブリンの片腕の骨を粉砕した。

「ゲギャアアアアッ！」

おーおー、威勢よく向かって来た割にはよく鳴きやがる。おかげで他の魔物を寄せ付ける手間が省けるよ。

ゴブリンの悲鳴を集合の合図にしていたかのように、ゴブリンたちがどんどん集まって来た。全部で二十匹は下らない。

その中でひときわ異彩を放つ魔物が一体。オーガだ。人間の大人のふた周りほど大きな体を持つ大鬼。

しかし変だ。オーガならこちらが何もしてなくても牙《きば》を剥《む》き出しにして襲いかかって来てもおかしくないというのに、じっとこちらの様子を窺《うかが》っているだけなのだ。

オーガと多数のゴブリンに囲まれた一触即発の膠着《こうちゃく》状態は思ったより長く続いた。

おかげで俺の足はもう立っているのが精一杯だとアピールし始めたのだ。膝《ひざ》が笑い始める。額には汗がにじみ、息は荒くなる。

「……アスラ………」

心配そうなミレディの声で、ゴブリンたちは確信する。

目の前のフラフラな男のこれは演技などではない。もうすでに体がズタボロなのだ。

そう察するや否や、ゴブリンたちは下卑《げび》た笑みとともに口から涎《よだれ》を垂らす。

「…………！」

それを見て、俺の中でスイッチが入った。

もう一踏ん張りしろ。今ここで力尽きても、ミレディは俺を見捨てて逃げたりしない。

俺を庇《かば》いながら戦うに違いない。

ミレディならもしかしなくても、勝てるのかもしれない。

しかし、あの妙に大人しいオーガ、何かある……俺の本能と戦闘勘がそう告げているのだ。油断してなるものか。

あのゴブリンども、ミレディを「オンナ」と言いやがった……ミレディはお前らの醜悪な笑みには似合わない、まさに聖女。そう、俺の、俺だけの聖女なのだ。

万が一にも、コイツらの手にかかるようなことになるなど、ありえはしない……！

76話　ミレディの旅路

〈ミレディ〉

アスラの思惑通り、ゴブリンたちは村人を襲うのをやめて、新たな標的のもとに集まった。

そう、アスラのもとに。

しかしアスラの体も、もう限界などとうに超えているに違いないのに……ねぇ、どうして……。

ゴブリンたちがにじり寄ろうとした時、アスラが青白く光った。

「アスラ……？」

アスラは精霊化はしていない。

きっと体力の限界が近いから……。

それでも、今できる最大出力の魔法を使おうとしているのはわかった。

「うううう…………ッ！」

アスラの苦悶《くもん》の声……初めて聞いた。

立っているのも精一杯のはず……！

「だめ……っ！　アスラ！　死んでしまう！」

しかしアスラの青白い光はどんどん増していく。

やがて周囲には小さな稲妻が目まぐるしく走り始めた。民家の壁から壁を伝い、アスラの周囲を烈火のごとく猛烈な光量と轟音で駆け抜ける。

バリバリバリバリバリ………ッッッ！

この前、アスラが言っていた『ホウデン』という魔法だ。空気中を強力な『ジリョク』で『ゼツエンハカイ』して稲妻を起こしているんだ……。

「ナ、ナ、ナンダコイツッ!?」

「精霊ガイルナンテ聞イテイナイゾ！」

「ダメダ！　逃ゲロォーッ！」

それを見たゴブリンたちは、我先にと一目散に逃げ去って行った。一緒にいたオーガも、村を去る。逃げるというよりは、去って行ったという感じがした。あのオーガだけは、最初からあくまで傍観《ぼうかん》していただけのように思う。

変な個体……。

ドサ。

「いけない……っ」

魔物が去り、一気に気が抜けたのか、アスラはその場に倒れた。

「アスラ……ッ！」

すぐにアスラを抱き起こした。

熱い………。

気を失っているようだ。息はしているけど、浅くて速い。

涙が出そうだ。

早く治す方法を教えてもらわないと。

すぐにアスラをフォルマッジに乗せて、私たちも村を離れた。

魔物が去り、村の様子を見に戻る村人たちとすれ違う。

急いで。急いで。もう二度とアスラを失いたくないって思ったのに。やっと気持ちを伝えることができたのに。こんなのやだよ……。

魔物が村を襲う時間が朝早かったこともあり、昼頃には王都に到着した。ガザフ村から王都までの長距離を、昨日のおよそ半分の時間で移動したのだ。

フォルマッジはさすがにバテたようで、王都に到着するなり、すぐに馬の水飲み場で水分補給をしていた。

フォルマッジを休ませている間に、目的地である水都メーザまでの汽車の切符を購入する。

フォルマッジは馬専用の車両に乗せることになり、一時、アスラをフォルマッジから下ろして、私がおぶることにした。

まだ熱い………。

それに気を失っているままだ。

同年代の男の子って、こんなに重いんだ。アスラは筋肉質だから余計に重く感じる。

恋人だから背負うのも苦じゃないと言いたいところだが、しばらくおぶって歩いていると、息が切れた。

フォルマッジと離れて、乗客用車両に着く頃には私は汗でびっしょりになっていた。

汽車に乗り込み、アスラを客席に座らせる。

息はだいぶ落ち着いてきたようだ。深くゆっくりとした息をして眠っている。

汽車は間もなく発車した。

アスラの汗をタオルで拭い、治癒魔法をかけておいた。

症状を改善というわけにはいかなかったが、治る可能性が一パーセントでもあるのなら、何でもしてあげたかった。

アスラの呼吸が落ち着き、汗も引いて来たので、少し安心する。

しかし、水都メーザまでの数時間、アスラは目を覚まさなかった。

◇◆◇

「水都メーザ、水都メーザです。この汽車はここが終点です」

車掌が各車両に来てアナウンスをする。

アスラはまだ起きない。

そっと額を触ると、やはりまだ熱かった。呼吸は落ち着いているものの、またいつ症状が悪化するかわからない。そしてそれが、たまらなく怖かった。

「アスラ……メーザに着いたよ。またおぶるけど、我慢してね」

もちろん返事はない。でも声を掛けずにはいられなかった。私ってこんなに話し掛けるような性格だっただろうか。

「もう少しだよ」

アスラを背負って下車し、馬専用の車両から降ろされたフォルマッジと合流する。

フォルマッジにはアスラを寝かせるように乗せ、私はフォルマッジの手綱を引きながら歩いた。アスラは手足をぶらんと垂らして、フォルマッジの歩く振動を手足で表現しているかのようである。

水都メーザの街は、二年前に外部学習で来た時と変わらない。大渓谷の崖を切り取り、崖内部の岩で街並みが掘り起こされて、街が形成されている。

崖の上からは大量の水が流れ落ち、大瀑布がカーテンのように覆っており、メーザはいつも涼しい。

間もなく日没だ。

監獄レイヴンクロフトに行き、所長を務めるミカルドと話をしなければならなかった。

私は少し早足になる。

レイヴンクロフトは水都メーザの街を抜けた先に入り口を構えていた。

「閉鎖……」

レイヴンクロフトの門には、そう書かれた立て札が設けられていた。少し焦る。ここにミカルドがいなければ、来た意味がない。

レイヴンクロフトは、メーザの街並みと同じく、崖の中に築かれた自然の産物からできた施設だ。

崖の岩を削り、通路や部屋が崖の中に造られており、監獄の役目を果たしている。よって、門扉は岩肌に取り付けられている。立て札は門扉の中央に掲げられており、よく目立つ。

仕方がなく門扉を叩いてみた。

しばらく待つが、何も反応がない。

万事休すかと思われたが、門の内側から足音が聞こえた。間もなく門扉が開かれ、赤毛の女性が顔を出す。

私もハッとして、フードから顔が見えるように上を向いた。

「あら、久しぶりね。ミレディ」

「お久しぶりです、ミカルドさん。手紙を見てここまで来ました」

「あら。手紙が早速役に立ったのかしら。どうぞ入って……と言っても、もう閉鎖してる建物なんだけど」

「閉鎖……？」

「ええ。この監獄の実権を握っていたゼフツがもう王都の監獄の中でしょ？　運営が停止して、お飾りの所長である私だけが残ったというわけ。囚人はもういないわ」

ミカルドはそう言って笑う。

お父様……いいや、ゼフツが騎士隊に捕まったというのに、こうも軽やかに笑うミカルドは、お母様と同じく、ゼフツの支配に怯《おび》えていたのだ……と、そう思う。

「これ……ダリク＝カヴェンディッシュ様からです」

私はダリクから預かっていた手紙をミカルドに渡した。ミカルドは手紙を受け取ると、早速、封を開けて読み始めた。

「後ろ盾ね……。ミレディ、あなたが屋敷で助けてくれたと、これには書いてあるわね。私やゼミールに恩を返すのはお門違いなのに……変な人」

ミカルドは、薄く微笑み、手紙をしまう。

「ありがとう。手紙を届けに来た……わけでもなさそうね……」

ミカルドは、私の持つ手綱からフォルマッジの上で寝る人物まで、なぞるように目で追い、人がいるのを確認し、察した。

「あら……急いだ方が良さそうね。さあ、中に入ってちょうだい。馬も一緒でいいわ」

ミカルドの態度が変わる。

一度、門扉を全開にしてフォルマッジを中に通してくれた。

フォルマッジの蹄《ひづめ》の音が中に響く。

「この人は……？」

ミカルドの前をフォルマッジが通る際に、尋ねられる。軽い気持ちで聞いてきたのだろう。彼女は、まだアスラの生存を知らない。

「えっと……その……アスラです……」

「え……そんな、でも……」

やはり驚愕《きょうがく》は抑えられない。

私もアスラが生きているとわかった時の衝撃は、未だに忘れられずにいるのだから。

「奥で話した方が良さそうね……」

しかしミカルドはすぐに落ち着きを取り戻し、引き続き案内をしてくれた。

レイヴンクロフトの薄暗い通路を進みながら、話を聞いた。どうやらミカルドもここにこれ以上長居をするつもりはないらしい。ここはもう閉鎖される施設なのだから。

少し通路を進んだ先の部屋に通された。通路には撤去予定と思われる物品が多数置かれている。部屋の扉の前にも、所長室と書かれた札が地面に下ろされていた。

「ここは元所長室だったの。もう荷物は全て出してしまっているから、お茶も出せないのよ。ごめんなさいね」

部屋は少し埃《ほこり》っぽかった。もはや汚れてようが壊れようがどうでもいいのか、フォルマッジも部屋の中に入れるミカルド。

「いえ……あの、ミカルドさんはどこに……？」

「フォンタリウスの屋敷がもうないから、実家に帰ろうかと思うの」

「実家に……」

「そう。『ウルレアン家』っていう小さな領地にあるの。こんなことになったから話すけど、もともとゼフツと私は政略結婚だったのよ。ウルレアン家はフォンタリウス家とつながることで大きくなったんだけど、今は逆にフォンタリウスとつながってちゃマズイのよね」

まるで他人事のように話すミカルドだったが、壮絶な人生だったのがよくわかる。家のために婚姻《こんいん》を結ばされ、家のためにフォンタリウスに尽くしてきた。

それが具現化されたものが、このレイヴンクロフトと言えよう。フォンタリウスの管理下でこの監獄の所長を任じられ、フォンタリウスの操り人形として生きてきた……おそらく、お母様も同じ……。

きっと私は、政略結婚なんて無理。愛し合っている人と結ばれない人生なんて辛すぎる……そう思った。

「えっと……アスラでいいのよね？　このローブを取っても？」

「はい……」

ミカルドはフォルマッジの背中で寝るアスラに被せていたローブをそっと取る。

「やだ……ほんとにアスラじゃない……」

アスラの顔を見て、疑いが晴れる。そして現状を信じざるを得なくなったミカルド。今一度、ミカルドは息を呑《の》んだ。

「はい……彼は精霊になることで助かったんです。今は熱が治らなくて寝ていますが……」

「そ、それ……本当なの？　もしそうなら大事件よ」

「承知しています」

「だからこの物々しいフードとローブなのね。ずっと顔を隠して？」

「ええ……」

ミカルドは、そう、と返事をしてから一旦うつむき、一息つく。そして次に顔を上げた時には、表情から迷いが消えて、どこかキリッとしていた。

「ひとまず、状況は何となく理解したわ。単刀直入に聞くけど、アスラの熱はどのくらい前から出てるかしら？」

「……だいたい一ヶ月くらい」

「急いだ方がいいかもね」

「え……っ」

ミカルドのその言葉に、ひやりとした。

「あ、アスラは……そんなに悪いんですか……っ？」

「ええっと……最初に聞いていればよかったんだけど、あなたとアスラって……」

「……はい、恋人同士です」

初めて人に恋人同士だと名乗った。

アスラが危ないかもしれない状況なのに、急にお付き合いをしているという実感が湧いてくる。

「そうよね、良かった……ミレディ、覚悟して聞くのよ」

ミカルドは少なからず予想していたような口ぶりだった。

私は固唾《かたず》を呑《の》む。

「フォンタリウスの屋敷にいる時、アスラのお母さんが亡くなったでしょ」

「ルナさん……」

「そう……ルナも、アスラのお父さんも、同じ症状が出て、それで亡くなっているの」

「そんな……っ」

じゃあ、アスラもこのまま死んじゃうってこと？

アスラがフォンタリウスの屋敷を出て行った時も、二年前も、彼との別れは身を割く思いだった。

でも、私たちはまた巡り会えて、こうして一緒にいる。

だと言うのに、また離ればなれなんて、私はもう耐えられない……。

「ミレディ……あなたが取り乱すなんて珍しいわね。よっぽどアスラのことが……」

「ミカルドさん、その話は本当なんですか……！　アスラも同じ病だという確証は……っ」

「落ち着きなさい。最後まで聞いて」

ミカルドにそう言われて、ハッとする。

知らぬうちにミカルドに詰め寄っている自分に気付いた。

「アスラの父親であるレイヴンという男が、ゼフッの陰謀によってここに投獄されていたことは……？」

「いいえ……詳しくはなにも」

「そう……結局、アスラは自分が息子だと伝えなかったらしいのだけど、もしものために、レイヴンはその病に効く薬を作っていたのよ」

「……薬？」

私はにわかに信じられなかった。

レイヴンという父親がここにいたということは知っていた。アスラは二年前、魔法学園の外部学習の際にここに来て、父親に会っているということは聞いたことがある。

「そう。レイヴンからすれば、まだ見ぬ息子のために薬を作ったんでしょうね……ルナとアスラのもとから離れるような男だけど、一応家族のことは考えていたということかしら……」

ミカルドは部屋の中にポッンと置かれている机の上から、小瓶を三つ取って私に見せた。小瓶の中には緑色の液体が入っている。

「症状から見て、アスラもルナやレイヴンと同じ病気と考えて妥当《だとう》だと思うわ」

ミカルドは小瓶を三つとも手渡ししてきたので、私もそれらを受け取る。

「トワイライトという名前を持つ家系は、代々魔力が多すぎる。自身の持つ魔力量に耐えきれず、いずれ死んでしまうの。しかもその症状は、婚姻《こんいん》を結んだ相手にも伝染するようね」

「婚姻を結んだ相手も……？」

トワイライトという家系の血統が代々その病気に倒れているというのはわかるけど、婚姻を結んだ相手に血のつながりはない。

なぜ結婚相手も……？

私に無関係でもない話に、思わず聞き返した。

ミカルドは、少し考える素振りをしてから、説明してくれる。

「そうねぇ……あなたたちはどこまでいったの？」

「ど、どこまで……？」

「アスラと恋人同士なんでしょ？　手はつないだ？　キスやセックスは？」

「えっ……あ、あの……」

ミカルドの急な質問に、混乱する。そんなこと、あり得る話だとしても、まだまだ先のことだと思っていた。

いや、何も変なことはない。うろたえている方が恥ずかしいわ。まだアスラとはお付き合いし始めて日も浅いのだから。

「あなた……ノクトアの一つ下だから……もう十八歳でしょ？　まだしてないの？」

「あ……あぅ……」

しかし抑えようとしても羞恥《しゅうち》は込み上げてくる。

顔が熱い。赤くなるのがわかる。変な汗も出てきた。恥ずかしい……。

「呆れた……」

ミカルドは余程予想外だったのか、苦笑いしか返してこない。

どうやら同年代の子と比べて、私はだいぶ遅れているらしい。

「要は、トワイライトは頻繁に身体的接触をした相手にも、その病をうつしてしまうことがあるわ。ルナの場合はアスラを産んでいたから特にね」

そういうことだったのか……急にキスのことなどを聞かれたので、どうしようかと思った……馬鹿だ、私…………。

「じゃあ、将来的には私も……」

「あら？　アスラとそういうことしたいの？　身体的接触を？」

「……ッ」

顔が熱い……。

「あなたってウブなのね……すごく意外」

何も言えなかった。

「でも安心しなさい。この病は無属性魔法使いにしか伝染しないから」

「…………え？」

からかわれていたのだ。

私は水属性魔法使いだから伝染しないということ。

ミカルドの言葉を信じるとすれば、アスラが死んでしまうかもしれないこの大変な時に

……。

「その小瓶の薬をアスラに飲ませなさい。効果はレイヴンが実証済みよ。完治はしないものの、病の進行を遅らせることはできるわ」

「薬の数はこの三本だけですか？」

「ええ。もとは四本あったんだけど、一つはレイヴンが実証実験用に。ごめんなさいね」

「いいえ……とんでもない」

「あれでも魔法研究所員の端くれよ。確実な結果が欲しかったのね」

ともあれ、薬は三本ある。

これが本当に効くかどうか、思案している暇も余裕もない。

私は早速アスラに薬を飲ませた。フォルマッジの上で寝ているアスラの頭を上に向け、口をこじ開け、小瓶の口を押し当てる。

「飲んで。飲んでアスラ……」

「ん……」

アスラは最初こそ無意識に抵抗を見せたが、すぐに薬を受け入れ、飲み込み始めた。

「……愛ね」

ミカルドが再びからかう……いや、本人は感心しているのだろうが、言われる身としては少し恥ずかしかった。

しかし、アスラに薬を飲ませることに集中する。

アスラは小瓶の薬を飲み干すと、またぐったりとフォルマッジの上で脱力した。

「……少しすれば薬が効き始めるわ。じきに目も覚ますでしょう。症状が悪くなれば、また飲ませなさい」

「ありがとうございます……」

「ああ、それと……」

ミカルドは思い出したように、部屋にある机の引き出しから一枚の便箋を取り出した。

そして、それを私に差し出す。

「アスラの父、レイヴンの遺言書よ」

「遺言……？」

「そうよ。レイヴンは自身の死期を悟ってからは急いで遺言書を作っていたらしいの」

聞けば、レイヴンは亡くなる直前に遺言をしたためた便箋をミカルドに渡したのだという。

そして、トワイライトの血を継ぐ無属性魔法使いがかかる病の治し方を記したらしいのだ。

「私は中身を読んでいない。でも、彼は死ぬ前に確かに言っていたわ。この病は治るって……」

ミカルドは、レイヴンに何もしてやれなかったことを悔やんでいるようにも見えた。

しかし、ミカルドがしてやれることで病が治るのなら、すでにその方法をレイヴンが自分に試すはずである……つまり、ここではできない治療法があるのだ。

アスラには悪いが、私は獲物を見つけた猛禽《もうきん》類のように、便箋に飛びついて封を開ける。

小さな便箋だった。

文字も少ない。震える手で書いたようなガタガタの文字だった。

『エルフの里へ行け。父より』

エルフの里？　長耳族のエルフ？

エルフは確かに魔法に長《た》けているし、一個体が保有する魔法に関しての知識も豊富だ。

しかし、なぜ長耳族？

行けばわかる、という意味にしか読み取れない。

やはり、ここでは治療できないのだ。

レイヴンの死に自責の念を感じ、今もミカルドが気に病むことはないではないか。

そして、遺言書なのだから実名を最後に記すのが普通だと思うのだが、この遺言書では敢えて父と名乗っている。

明らかにアスラに向けたものだ。

息子に遺す物も、財産も、合わせる顔もない。

この手紙はせめてのもの息子への愛なのだとわかる。

フォルマッジの上で眠るアスラを見た。

アスラ……レイヴンさんはアスラが考えているより、家族を大切に思ってたみたいだよ……。

その愛をもってしても、家族に再会できないまま、このような監獄で人生を終えてしまうのだ。世界は残酷だ。

世界が残酷なら、少しのイレギュラーで、少しの不運で、アスラの命も簡単にかすめ取って行ってしまうだろう。

それが怖い……私は怖くてたまらないのだ。

「エルフの里に行けって……」

「エルフ？」

「場所はわかりますか？」

「わからないこともないけど……汽車や馬車も何度も乗り継がないと行けないわ。結構な長旅よ」

「覚悟はできています……」

アスラのためである。安いものだ。

ミカルドは驚いたような顔をしてから、すぐに柔らかな表情になる。

「あなた、変わったわね……」

「？」

「いいわ、ざっと話すからよく聞いて。足りない部分は行く先々で情報を集めるのよ」

ミカルドは、何を思ったのか、途端に生き生きとし始めた。

私も真剣に話を聞く。

どうやらエルフの里は、エアスリル王国の北の山脈の山麓にあるらしい。

「エルフの里に着いたら、きっとヴィカがいるわ。現地で世話をしてもらいなさい」

ヴィカ……フォンタリウスの屋敷にいたアスラを担当していた長耳族のメイドである。

フォンタリウスの屋敷を手放した際に、ヴィカは故郷のエルフの里に帰ったのだという。

「ヴィカさんが……」

「ええ。あなたたちを見たらきっと喜ぶわ」

しかし、今は現地より旅路の心配だ。

ミカルドに聞く話によると、かなり遠い。

汽車で移動できる区間はまだ楽だ。しかし、線路の整備が進んでいない地域に入った時は、フォルマッジにまた助けてもらわなければ……。

それに、薬の入った小瓶はあと二つしか残っていない。先を急ぐ旅になりそうだ。

「汽車が天候によってどこまで走るかわからないけど、長くても五日で着くはずよ。女ひとりで男を世話しながら旅をするのは大変でしょうけど……」

そう言って、ミカルドは地図をくれた。

地図は汽車の路線と大まかな街の位置が記されているけど、エアスリル王国北側の山脈付近の街や地形情報が薄い。しかし、ある程度はセバスチャンにもらった地図で補完できる。それでも不明確な土地については、ミカルドの言う通り、現地で臨機応変に情報収集をする他になさそうだ。

「ありがとうございます、ミカルドさん」

「ゼミールにもたまには会いに行くのよ」

「はい……」

「頑張りなさい」

ミカルドに別れを告げてから、フォルマッジの上で寝ているアスラの顔を覗《のぞ》き込む。まだすやすやと眠ってる。しかし先ほどと比べると、呼吸がだいぶ落ち着いている。汗も引いたようだ。

薬の効果は確かにある。信用しても良さそう……。

レイヴンクロフトを出ると、すぐにフォルマッジにまたがった。アスラを私の前に座らせ、体重を私に預けさせる。

「……っ」

手綱を引くと、フォルマッジが走り出した。

水都メーザを抜け、汽車の駅に向かう。

汽車はちょうど来たところのようだ。車掌に王族手形を見せて、フォルマッジを馬専用の車両に乗せてもらう。

車掌の話によると、メーザの北へ汽車は進むとのことだ。夜には次の街に着くという。

「……アスラ、頑張ってね」

またアスラを担ぐ。車両には乗客が数多くいた。王都とメーザ間の汽車と比べると、倍近くの客がいる。

運良く四人掛けの席が二席並んで空いていたので、アスラを窓際に座らせ、私は通路側に座った。

アスラって……結構重いんだ。一度おぶればわかる。背中にアスラの筋肉質な固さが伝わり、ずっしりと重い。おかげで車両に乗せるだけで汗だくだ。

フードの下でこそこそと汗を拭いていると、四人掛け席の対面に座る子供が話し掛けてきた。

「お姉ちゃん、水あげる」

「……」

幼い女の子だ。母親と一緒である。

見たところ、平民の親娘だ。フードから銀髪が垂れていることに気付いた。それで私をお姉ちゃんと……。

「すみません……もしよろしければ、もらってやってくださいな」

「……ええ。ありがとうございます」

アスラも私もフードをかぶって人相は見えない。相当怪しい自覚はあるが……女の子は怖いもの知らずのようだ。

女の子から木製の水筒を受け取り、口を付ける……前に、水属性魔法を無詠唱で使う。

「……」

毒はない。ただの水だ。

遠慮なく頂くことにする。

二年前に解放軍に狙われ始めてからというもの、疑い深くなるばかりでいけない。もう解放軍はアスラが壊滅させたではないか。初対面の人間を疑うことが癖みたいになっている。

「ありがとう……」

水筒を女の子に返す。

「お水美味しかった？　ねえねえ！」

「マナ、汽車の中では何と言った？」

「静かにって……」

「ええ、そうね」

母親にマナと呼ばれた女の子は、少ししょんぼりしてみせた。

「お水、美味しかったわ。ありがとう」

「でしょでしょ！」

「マナ……」

「……美味しいでしょ」

励まし半分にお礼を言うと、マナは再びはしゃぎ出したので、母親にいさめられる。マナは声を抑えて笑った。

「このお水はね、水の精霊さんが綺麗《きれい》にしてる川で取ったお水なんだよ。だから美味しいんだよ」

「水の精霊……?」

「そうだよ。私たちが住む街の近くに大きな川があってね、とってもお水が綺麗なの」

「私たちの街には、川の上流には水の精霊が住まうという伝説があるんです。この子はそのお話が好きでして……」

マナの話に、母親が付け足す。

「この汽車はあなたたちの街へ?」

続けて母親に尋ねた。

「え、ええ……『山麓都市ツァイオン』という街です。この路線の終点の街です。王都からはかなり距離がありますし、王都やウィラメッカスと比べると随分と田舎ですが……古風で私は好きな街です。あなたはツァイオンに何を?」

山麓都市ツァイオン……聞いたことはある……が、遠くて行ったことはない。馬で何日もかかるのだ。汽車と線路が整備されてからは、半日で着くらしいが……。

「私たちはさらにその北の山脈に用があるんです」

「『ロッド山脈』に? あそこに人が住む村なんかあったかしら……」

「お母さん、エルフさんたちが住んでるよ！」

「マナ、また声が大きいですよ。それにエルフの里は人間を歓迎しないわ。同族主義なんだから」

「ドーゾ？　何かくれるの？」

「どうぞ、じゃなくて、同族。エルフさんじゃなきゃ仲良くしてくれないのよ」

マナと母親の話に思わず反応する。

エアスリル王国北側の山脈……ロッド山脈とやらには、やはりエルフの里がある……？

「……私たち、エルフの里に行きたいんです」

「そんな……っ！　駄目ですよ、近づいちゃ！　人間社会ではエルフは亜人種と呼ばれ、低い身分として扱われていることはご存知でしょう。根に持ったエルフが歓迎するとでも？　一体何の用事なんです!?」

甘かった。

エルフの里について、諸々の情報を聞き出そうと先を急《せ》いてしまった。

話から察するに、この汽車が向かう山麓都市ツァイオンは、エルフの里から比較的近い街である。

他にもいくつか村と街を経由する必要はあるだろうが、エルフの里を地理的に把握する情報集めはツァイオンで可能だと踏んでいた。汽車の駅があるくらいの街だ。人の往来も多いはず。この親娘もその例に漏れず、エルフの里について基本的な情報を持っている。比べて、私は基本的な情報すらない。この親娘からある程度の話を聞き出したい。

本当のことを言う？

いやしかし、素性をこうも簡単に明かすことには漠然とした不安感がある。

素性を明かした結果、アスラのように何がどうなるのか明確な予測ができるわけでもない……。

とりあえず……私は王族手形を二人にだけ見える角度で見せた。

「……ッ！」

「お母さんコレなに？」

母親の方は息を呑《の》み、叫びそうになる口を手で押さえて堪える。マナは無邪気に笑うが、母親に頭を掴まれ、無理矢理頭を下げさせられてしまった。

母親も座席に座ったままであるが、頭を深く下げた。

「……お、王族の方とは知らなかったとは言え、失礼いたしました……ど、どうか、どうかご容赦を……」

「おーぞく？　じゃあお姉ちゃん、偉い人？」

マナが頭を下げさせられた状態ではしゃぐ。

「頭を上げてください」

権力を誇示し、威張りたいわけではない。

素性を明かさずにこちらの目的を明かし、その目的に沿った必要情報を聞き出したいだけである。

恐る恐る顔を上げる母親。顔が真っ青である。なんだか申し訳ない。

「素性は明かすことはできませんが、王族の関係者です。目的はここで眠っている人の病気を治すこと。しかしその病気は未知の病で、今こちらが持っている情報ではエルフの里に向かうしかないのです」

これで良い。隠すべき部分は隠したまま、協力が得られる。これもひとえに、ネブリーナがくれた王族手形のおかげだ。

「恐れながら申し上げます……王族の関係者の方ならば、護衛の騎士隊とかは……？」

「私は素性を明かせません。王族手形を持っていることもあまり知られたくありません。身の上などもちろん、騎士隊を付けるということも憚《はばか》られます……わかりますね」

「え……ええ……」

「ですから、身分は気にせず、普通に接してください。王族の関係者ではありますが、私たちは王族ではありません」

ざっくりとこちらの要求は知らせることはできたはず……この二人からすれば、たまたま向かい合わせで乗り合わせただけの私たちの厄介な身の上と目的を知ってしまったのは不幸なだけだろう。

「そ、そんな、恐れ多い……」

「お母さん何の話？　私もお姉ちゃんとお話したーい」

母親の方は混乱しているようで、マナの声が届いていない。

さて、どうするか……。

「混乱させてごめんなさい。あなた……お名前は？」

「わ、わわたしですか？」

「あはは〜、わわわたし、だって〜」

「静かになさい……っ」

「構わないですよ」

「すみません……私はリンナといいます。この子は娘のマナ」

「よろしくね、お姉ちゃん」

「ええ、よろしく」

リンナは自己紹介をして、ひと息ついたのか、徐々に落ち着きを取り戻しつつあるようだ。

「すみません……取り乱してしまい……」

「いいえ。こちらもいきなりでしたから」

「もし良ければ、今夜はうちにおいでください。エルフの里のことで、何かお手伝いできるかも……」

「いえ……素性を明かしていない私たちが泊まるのは……。ツァイオンに着いたら手近な宿を探すつもりですので……」

「素性を明かしていなくとも、その手形が何よりの身分証明です……王族手形を見た以上、お手伝いさせてください」

リンナは、再び深々と頭を下げる。

あまりにも容易に私たちを受け入れてくれるが、これが王族手形の効力。

王族手形とは、そういうものなのだ。

この手形の前ではプライドの高い貴族でさえ、頭を下げる。

平民のリンナであればなおさら。王族手形を持つ人間の力にならなければならないと頭に刷り込まれているに違いない。

そうさせるのが、王族手形……。

今になって、王族手形の威力を再認識した。便利だ、楽だ、とほいほい平民に見せつけて良いものではない。

軽々しく平民に見せれば、混乱する者も間違いなくいる。リンナが良い例だ。彼女は混乱というより、怯《おび》えているが……。

また、使い方を誤れば、王国民の過多な善意が向けられる。

リンナの善意の裏を少し疑ったが、もし私たちを狙う解放軍の残党などであれば、水筒に毒を入れる程度のことはするだろう。

「わかりました。ありがとうございます」

道中はマナの相手をしたり、アスラの様子を見たり、リンナと雑談をしたり、駅の到着は早く感じた。アスラはまだ眠っている。もしかするともう起きることはないのではないかと、不意に不安になるのを押し殺し、規則的な呼吸を確かめた。

レイヴンの薬がまだ効いているのか、苦しそうな表情は見られないものの、熱はまだあるようだ。

駅に到着すると、再びアスラを背中におぶる。

「あの……お手伝いしましょうか？」

リンナが代わりにおぶると申し出たが、私は断った。弱っているアスラを他人に預ける？　冗談じゃない。リンナとマナは恐らく裏などないのだろうが、アスラを失うリスクが少しでも減るのなら、男の子一人おぶるくらいワケなかった。

「いいえ……でも、ありがとうございます」

「そうですか……大切な人なんですね」

「…………ええ。とても」

車両から降りると、外はすっかり暗くなっており、車掌によりフォルマッジもすでに車両から降ろされていた。

ブルルル、と上機嫌に鼻を鳴らしている。

「お馬さんだー」

マナがいの一番にフォルマッジに駆け寄った。

「駅なのにお馬さんがいる！　お姉ちゃんのお馬さん？」

「そうだよ」

アスラをフォルマッジの背中に乗せて、マナに答える。

「……手綱引いてみる？」

「いいの？　やったー！」

マナにフォルマッジの手綱を渡すと、マナとフォルマッジの身長差のため彼女が腕を頭の上まで上げないと手綱を引けなかったが、それでもマナは楽しそうに手綱を引く。

「あははは！」

「マナ……っ、あんまり急ぐとお馬さんが困ってしまいますよ」

「はぁい」

マナはフォルマッジを嬉しそうに見上げ、フォルマッジは鼻歌を歌うように鼻をブルブル鳴らしていた。

「あの……すみません、娘のために……」

「いいえ。可愛らしい子ですね」

「ありがとうございます。あの……不躾《ぶしつけ》ですが、何とお呼びすれば……?」

「確かに……」

駅を出るまでの間、リンナにそう言われて考えた。今夜世話になるのなら、呼び名くらいはほしい。

ミレディと呼ばれる以外に、これまで何と呼ばれたことがあるだろう。

「銀髪……」

「ぎ、銀髪さん?」

アスラが精霊化してロップイヤーになって記憶が失われている期間、そう呼ばれていたが記号的過ぎたか……。

「で、では……あちらの方は?」

アスラの名前……どうしようか……。私が銀髪だから、アスラは黒髪……安直だけどいいよね。

「彼は黒髪で」

「髪の毛の色ですか……?」

「はい」

リンナからすれば、私たちはフードを被っているから、髪の色など知ったことではないだろうが……。

「髪の色でお呼びするのは気が引けますので……そうですね……では、『ギン』さんと『クロ』さんでいかがでしょう？」

「ギンとクロ？」

「はい。銀髪のギンと黒髪のクロ。明らかに偽名ですので、正体を隠したいという意図も暗に伝わります。今のお二人にお似合いかと思います」

お似合い……今の私とアスラに……。

「好きに呼んでいただいて結構ですよ」

「はい。ではギンさんで」

ここでの一時的な名前が決まった。姿を隠すための仮の名前だが、素性がわからなければ何だって良い。

駅の構内から外に出ると、大きな石畳の広場に抜けていた。

街の中を一目見て驚いた。

街の中央には、まるで城のような超巨大な大木がそびえ立っているではないか。そして大木の枝や木の根が街の中を所狭しと這《は》っており、枝や木の根には黄色い発光物が取り付けられている。

空を舞う発光物も数多く見受けられた。この街の街灯の役割をしているのだろう。

「綺麗《きれい》……」

まるで蛍《ほたる》の群生地にいるかのような光景だった。

荘厳で美しい。

「あれは『黄色テントウ』といって、夜になると体が『点灯』する大きな虫です。あの巨大な『街木』の樹液を求めて、年中ずっと住み着いているんですよ」

「昆虫……？」

大木は『街木』というらしい。つまり、街木の幹や枝、根に黄色テントウが止まって、体を光らせているのだ。この街の街灯は、自然界の力を借りて成り立っているのである。

「ええ。街木の樹液を好むから、必ずツァイオンに帰ってくるんです」

街がある土地によって、文化形態や生活様式が大きく異なる。この街が良い例だ。

ツァイオンは街木と黄色テントウによって、今の生活を確立してきたのだ。

街木の根は、街木の下にある街を覆うように張り巡らされており……というか、街木の根の隙間を上手く利用して建物や街路を埋め込んでいる。

変な形の建物や道が多いのも、そのせいだ。全てはこの街を支える街木を気遣って、街は形成されているのだ。

「こっちです。私たちの家がある居住区は街木の真下です」

山麓都市ツァイオンは、街木が街の中央にそびえ立っているが、その全ての重量は幾重にも張り巡らされた木の根で持ち上げられているらしい。

従って、街木の下には大きな空間があり、そこに居住区が、円を描くように広がっているのだとか。

商業区は、居住区の外周を円状に囲うように続いており、商業区のメイン道路を真っ直ぐに進めば、商業区を一周できるという。

つまり、居住区に入るには商業区を横切る必要がある。

商業区にも木の根は所々届いており、何度か丸太のような木の根をまたいで居住区に入った。

見上げると、街木の底が見える。そこにも黄色テントウがたくさん止まっており、街木の下はかなり明るい。

「ここです」

物珍しく見上げながら居住区を歩いていると、リンナとマナの家はすぐだった。

平家の一軒家である。周囲が木の根で囲まれているため、そんなに大きな家ではない。

「近くに馬宿があります。そこに預けてください」

家の向かいに馬宿があった。アスラをフォルマッジの背中から下ろし、私が再び背負う。アスラは汽車の中と変わらず、まだ眠っていた。フォルマッジは馬宿に預けてから、家の中に入る。

「お邪魔します」

家の中は明かりがなく、ひと家族が住むには少し大きな石造のガランとした部屋だった。奥には大きな暖炉がある。

室内にはテーブルと椅子《いす》がいくつかあるだけで家具は多くないが、暖炉の主張がとにかく強かった。暖炉は調理用の火としても使用されているのだろう。

家の中はこの部屋と風呂場、トイレの他に部屋はないようだ。部屋には大きなカーテンで間仕切りを作っており、カーテンの隙間から奥にベッドがあるのが見えた。

「少し待ってくださいね。今火をおこしますから」

「ええ……」

この部屋に灯りはないようだ。暖炉の火が唯一の光源なのだろう。

リンナは慣れた手つきで暖炉の薪に火をおこし、鍋を火の上にかけた。

「えっと……クロさん、でしたね。カーテンの向こうに一つ空いてるベッドがあるので、そこで寝かせてください」

「ありがとう……」

カーテンを開けると、ベッドが三つ並んでいた。使われていないと思われるベッドに、背負っていたアスラをそっと寝かせる。

「……かっ……はっ」

「……！」

　すると、アスラが嘔吐《おうと》してしまった。幸いすぐにフードを外し、顔を横に向けていたため、吐物はベッドにはかからず、床に落ちた。

「あー！　お兄ちゃんゲロしてるー！」

　気になって覗《のぞ》いていたのだろう、マナがリンナを呼んだ。

「あらあら、すぐに雑巾を持ってきますね」

「ごめんなさい……」

　アスラ……また熱が上がってる。

　レイヴンの薬を取り出して、再びアスラに飲ませた。また吐いてしまうかと心配したが、アスラはちゃんと飲んでくれた。

「お兄ちゃん、病気なの……？」

　しまった……。

　アスラの顔を見られている。

　アスラの嘔吐で咄嗟《とっさ》にフードを取ったからだ。

　しかし、マナはアスラの顔を知らないらしい。

　この街は王都からかなり離れている。二年前の解放軍の王都襲撃『第二夜』のことはさすがに知っているだろうが、解放軍を退けた「英雄アスラ＝トワイライト」の顔などは王都ほど知れ渡っていないのだろうか……。

「そう……熱が下がらなくて……」

リンナはすぐに濡れたタオルと雑巾を持ってきてくれた。

「ひどい熱ですね……ひとまず、このタオルを」

「ありがとうございます」

リンナに手渡された濡れタオルをアスラの額に乗せる。薬のせいか、アスラの表情と呼吸は徐々に和らいでいった。

やはり、リンナもアスラの顔に反応を示さない。

敢えて黙っている可能性もあるが、アスラの顔を知っていれば少なくとも多少の動揺はあるはず……それが見られないということは……。

「お姉ちゃん、キレーだねぇ」

やはり。

私がフードを取ってもマナは王都民のような反応をしない。

「あらあら、本当ねマナ。ギンさん美人ね。お母さん見惚れてしまうわ」

よかった……。リンナも私のことを知らない。そもそも山麓都市ツァイオンには、聖女の仕事をしている時分にも来たことがないのだ。私のことを知らなくても無理はない……

はず。

そして何より、世話になる家族にずっと素顔を隠したままというのも、心苦しかったのだ。

さすがに名乗れば正体を勘付かれるだろうが、イヴァンの屋敷に襲撃した解放軍の残党を逮捕した騎士隊も私とアスラに気付くことはなかったのだ。まさかここに英雄アスラと元聖女ミレディがいるはずがないという先入観が、人の判断を狂わせてくれる。

「……」

名乗らなければ、少なくともこの場は問題ない。

「彼の吐物は私が拭いておきます。それより火を見ていてください……」

「わかりました。すぐに鍋の準備をしますね」

「ありがとう……」

アスラが吐くとこ……初めて見た。本当にギリギリのところにいるんだ……。

薬を飲ませればじきに目が覚めるとミカルドは言っていたのに、アスラは目を覚まさない……。いったい、どうすれば……。

「お姉ちゃん、ギンさんていうの？」

「……」

アスラの病状は正直、実際目にするとショックが大きい。しかし、マナの無邪気な言葉は、そんな思考を断ち切ってくれるようだった。

「うん。そうだよ」

「お兄ちゃんはクロさん？」

「ええ」

「じゃあギンさんお姉ちゃんとクロさんお兄ちゃんだね！」

「そうだね……」

マナの変な呼び方のセンスと底抜けに明るい笑顔は、昔のアスラを少し感じさせる。幾分か気持ちが落ち着いた。

面白くもないだろうに、アスラの吐物を拭き取る私を、マナは眺めている。

「マナ……このベッドはお父さんの？」

「クロさんが寝てるベッド？　うん、そうだよ。でも今はお父さんいないから使ってていいんだよ」

「お父さんはお仕事？」

「うん、近くのお料理屋さんでご飯作ってるんだよ。お父さんのお料理すっごく美味しいんだ」

「ふぅん。私も食べてみたいな」

「うんうん！　明日の朝には帰ってくるから、そしたらお料理してもらおうよ！」

「楽しみだね……」

　子供は無邪気だ……表情を顔に出すのが苦手な私は、どう接したらいいかわからない。でも、マナの相手をしていると、アスラのことで悪い方に考えなくて済む……。

　自分が思っているより、アスラのことで不安になっていることに気付いた。

　アスラの呼吸が随分と整い、汗が引いた。薬が効いているのだ。

　リンナが食事の用意をしてくれている間、私はマナの相手をすることにした。

「マナ。お鍋ができたから、食器を出して」

「はぁい」

　リンナに暖炉の近くに呼ばれ、小さな椅子《いす》に腰掛けた。

「これ！　ギンさんのお皿とスプーンね！」

「ありがとう」

「ギンさんの隣で食べよっと」

「こらこら、マナ。そんなにくっついたらギンさん食べにくいでしょ」

「いいんです……一緒に食べよ、マナ」

「うん！」

　食器に注がれた鍋は、山菜や根菜がふんだんに入っていた。肉や魚がない分、口当たりがさっぱりしており、食べやすかった。

これならアスラにも……。

私はリンナの許しを得てから、暖炉を離れてアスラにも鍋を食べさせた。具材を乗せたスプーンを口に押し込み、アスラが咀嚼《そしゃく》するのを待つ。しばらくすると、アスラの体は意識のない主人の代わりに、無意識に口を動かし始めた。

「よかった……」

食べる体力は薬のおかげで一時的に取り戻しているようだ。

アスラに一通り食べさせてから、また暖炉に戻って自分の食事を続けた。

「ギンさんは……クロさんのお姉様ですか？　あ……すみません、とても献身的にお見受けしましたので……」

「いいえ……家族ではありません」

「あ！　私わかったよ！　ギンさんはお嫁さんなんでしょ！」

マナが大きく手を上げて目を輝かせる。

「お嫁さんでもないの……まだね」

「あらあら……あらあらあらあら……」

「じゃあもうすぐお嫁さんになるの!?　いつ？　明日!?」

「ううん。もう少し先かな」

色恋沙汰になると目の輝かせ方が同じだ。やはり親子なんだ。

食事もほどほどに、シャワーを借りてから寝ることにした。

マナはたくさん笑って疲れたのか、すぐに眠ってしまった。

暖炉の火を消して、カーテンの奥にあるベッドを借りる。私はアスラと同じ布団に入ることにした。

「明日は主人が仕事から帰ってきますので、そうしたらロッド山脈に向かう馬車を旦那が手配します。今日のところは、ゆっくり休んでください。先の長い旅ですので……」

「ありがとう……本当に……」

「いいえ。マナが初めての人に懐くなんて、滅多になかったので、私も嬉しかったんです」

ベッドの布団にくるまりながら、眠くなるまでの間、リンナと少し話をした。

マナは元来明るい性格で、人見知りとは無縁な少女だと感じていたが、どうもそうではないらしい。

「あの子は人のオーラというのでしょうか……雰囲気を敏感に感じ分けていて……『人を見る目がある人間』っているでしょう？　その感覚が特に鋭いんです」

「……その感覚があるから、人を選ぶってことですか？」

どうも話を聞いていると、マナは人の潜在意識や本性を見抜く天性があるらしい。

こういうことがあったとリンナは話した。

昔、マナが今よりさらに小さな時、都民から大層人気の貴族がいたが、どうもマナは嫌っていたことがあったのだとか。リンナは良く知りもしないのに人を嫌うものではないと叱ったらしいが、それでもマナは貴族を嫌って仕方がなかったという。汚いにおいがする、悪い人だ。悪い目をしている……と言って、マナはその貴族を徹底的に嫌っていた。

しかし、その後すぐに貴族の汚職が明るみに出たらしい。

掘れば掘るほど汚職が出るわ出るわの大騒ぎで、その時から、リンナはマナの心眼のようなものを信じ始めたのだとか。

「ええ……平たく言えば……だからこの子からギンさんに話し掛けた時にはとっても驚いたんですよ」

「だからこんなに良くしてくれるんですか……」

「はい。娘の人を見る目は確かですから……それに、私たちがギンさんたちにしてあげられることは限られています」

「そんな……とっても助かっています。こうして食事と寝る場所を恵んでもらえて……」

「……マナが懐くあなたたちなら、エルフの里でも受け入れてもらえるかもしれませんね」

「そうだといいんですが」

「そんな気がします……あの……もしよければ、ギンさんとクロさんのこと、聞かせてもらえませんか？」

「……?」

さっきからリンナがもじもじとこちらの顔色を窺《うかが》っていると思えば、そういうことか。

おそらくこの親子は恋愛話に目がないタイプの女子だ。

「いいですが……面白いものではありませんよ」

「そんなことはありません……！　是非お聞かせ願いたいです」

今から寝るというのに、リンナの目は冴え渡っており、輝きを増していた。

ため息を短くつき、かい摘んで話すことにした。

「私たちは幼馴染《おさななじみ》で……」

「あらあらあらあら……っ！　幼馴染ですって……なんて王道なカップルなのかしら」

「……続けます？」

リンナは自分のことでもないのに、激しくキュンキュンして恍惚《こうこつ》としていた。

「あっ、はい、すみません……」

「えっと……でも色んなことがあって離れ離れになったんです」

「あらあら……あらあらあらあらあら……！」

「……」

「……すみません……つい、ときめいてしまうんです私……」

「それで二人とも魔法学園に入学して、そこで再会したんですけど」

「あっ……！　この展開ダメだわ……ッ、魔法学園ってことはギンさん貴族の方なんでしょうけど、今はそんなことどうでもいいくらいに熱い展開……！　いけません、こんな夢展開……っ！　つ、続きを……！」

もはやこちらのテンションを遥かに上回って身悶《みもだ》えしているリンナは、見ようによっては痙攣《けいれん》しているようにも見える。ちょっと怖い。

陸に上げられた魚のように苦しそうに呼吸をしており、続きの話は自分にとって毒だとわかっていながらも、さらに続きを求めて訴える。ちょっとというか、かなり怖くなってきた。

「でもまた解放軍の第二夜で離れ離れになって……」

「……」

あれ、リンナの反応がまた返ってくるのかと思いきや、随分と静かだ。

どうしたのかと見てみれば、悶えすぎて昇天しているだけだった。

「つ……続きを……ッ」

しかしすぐに意識を引き戻して、目を見開いたリンナ。

こ、怖い……。

「えっと……でもついこの前、たまたま彼と出会って」

「あらあらあら！　これが運命ってやつなのね！　やだもうっ！　やだ！」

「お母さんうるさいよ……」

もはやマナが隣のベッドで寝ていることを忘れて、むしろ平常時よりも大きな声で騒ぐものだから、マナが起きそうになる。

リンナが咄嗟《とっさ》に黙り込むと、マナは再び眠り始めた。

「それで……彼が告白してくれて……」

「あらあらあらあら……それでギンさんはオーケーしたんですか?」

「はい……私も彼のことは小さい頃から好きだったので……」

「やだ……やだもう、ギンさん可愛い……なんて……なんてことなの……」

さっきのリンナとはまるで別人のようである。

そんなに恋愛話が好きなのか……というよりも飢えているようだ。

「もうお腹いっぱい。気持ちよく眠れるわ……」

「……」

そう言うと、おやすみを言う間もなくリンナは幸せそうに寝息を立て始めた。

リンナに話して考えてみた。

私はアスラと一緒にいた時間はそうでもない。

これからもアスラと会ってからの時間は長いが、一緒にいたい。

こんな病気なんかでアスラを失いたくない。

レイヴンの薬が入った小瓶はあと一つ。
おそらく明日の朝にアスラに飲ませることになるはず。
いよいよ時間がない。
疲れている暇はないのだ。
私は努めて目を瞑った。

77話　エルフの里

〈ミレディ〉

朝はアスラの体の熱で目が覚めた。

自分の近くにあるだけで目覚めてしまうほどである。アスラの体温が大幅に上昇している証拠だ。

「アスラ……」

昨晩はリンナと少し話をしてから、いつの間にか眠っていた。

まだリンナもマナも寝ている。

窓から入ってくる外の日差しはまだ弱かった。夜が明けきっていないのだ。

私は体を起こし、道具袋からレイヴンの薬が入った小瓶を取りだす。

最後の小瓶である。

お願い……エルフの里に着くまで持ちこたえて……。

薬にありったけの祈りを込めて、アスラの口に小瓶を傾けた。アスラの口は、自分の体に入ってくるものが薬だとわかると、少しだけ開いて薬を受け入れ始める。

こくこく、と小さく鳴るアスラの喉。

アスラの熱が落ち着くまで様子を見てから、私は目覚めきってはいない頭を覚ますために家の外にそっと出た。

朝の街は、夜の幻想的な景観とは違い、まるで森の中にいるような雄大さを感じさせる。居住区の上を覆う巨大な街木。見上げると主根の真下が丸見えである。

この大木の真下を空洞にして、横に広がった木の根で支えていると考えると、木の強靭《きょうじん》さが窺《うかが》える。

早起きの行商人や農家の人々が家を出る頃だろうか。人通りが全くないわけではない。木の根が朝日を遮って若干暗さが残る街木の下から出て、居住区を円状に囲う商業区に足を踏み入れると、居住区とはまた違う街の顔が見えた。

静かな居住区とは大きく異なり、すでに開店している店が多く、まだ日が昇って間もないというのに、客寄せや値切りの声で大賑わいだった。

外に出るにあたり、私はフードを被っている怪しさゆえなのか、声こそ掛けられなかったものの、格好を普通にして歩こうものなら、引き止められるのは必至の雰囲気である。

昨晩は黄色く光っていた黄色テントウは、たくさん街木の幹に止まっていた。大きさは馬ほどあろうかという巨大なてんとう虫のような昆虫で、体も黄色い。

遠くにはエルフの里があるというロッド山脈が見える……。

ある程度、街を見て回れたのでリンナの家に戻ることにした。日が昇り、街全体が目覚め始めている。

家に戻ると、男がいた。

中肉中背で、顔に無性髭《ぶしょうひげ》を少し生やしている。

「やぁ、おはよう。君がギンさん？　リンナから話を聞いたところだ。僕はオーウェン。よろしく」

男は握手を求めてきたので、フードを取り握手に応じる。

「よろしく……」

「わぁ、すごい美人さんだなぁ」

「こら」

男はリンナに頬《ほお》を摘まれて、苦笑いをする。

彼はリンナの夫なのだとか。マナが料理人だと言っていた。今日、エルフの里に行く馬車を手配してくれるのだという。

「ギンさんは王族の関係者で……マナがすぐに懐いたんだって？」

「はい」

「マナが……珍しいこともあるもんだね……とりあえず朝食でも食べながら今後のことを話そうか。僕が準備するよ」

オーウェンは私が王族の関係者だと知っても、変にかしこまることはなく、柔らかい話し方を崩さなかった。

「ありがとうございます、オーウェンさん」

オーウェンは、出店で料理を商品にして、他の街や村を回って仕事をしているらしい。今朝、他の街から帰ってきたばかりにもかかわらず、朝食を用意してくれた。

「朝からビーフシチューでごめんよ。店の材料が余っていたんだ」

「パンつけるからいいもん」

慣れた手つきで食卓にビーフシチューの皿とパンを並べるオーウェン。マナはいの一番に食卓につき、ビーフシチューにパンをつけてかじり始めた。

「美味しい！　ほら、ギンさんも食べて！」

マナは私をまた隣の席に招く。

「ほんとにマナが初対面の人に懐いてるよ……何者なんだい、ギンさん？」

マナが私を食卓に誘う光景が余程珍しいようだ。オーウェンは疑問を投げ掛けてくる。純粋な疑問である。

私は簡単に説明できる部分を話そうと思った。

「私と……特にそこで寝ている彼は、二年前の王都が解放軍に襲撃された事件で、王都の防衛に貢献して……それで王族から謝恩を受けているうちに王族と仲良くなったんです。

上手く説明はできないけど……」

「そんなことが……」

「じゃあ……そこで寝ているクロさん？　彼は強いってこと？」

　リンナが息を呑《の》んでいると、オーウェンがアスラをクロさんと呼んで尋ねる。

「彼は……アスラ＝トワイライトに負けないくらい強いと思います」

「アスラ＝トワイライトって……王都を守った英雄の？」

「そんな……それは盛ってるでしょ……？」

　リンナとオーウェンは半信半疑といった反応の驚きと苦笑いで、その心情を表情で上手く表現している。

　さすがに信じないか……。

「ねえねえ、じゃあさ、クロさんはゴブリンもやっつけられる？」

　マナが無邪気に私に尋ねた。

「ゴブリンなら寝ながらでもやっつけられるよ」

「えー！　じゃあさ！　オーガならどう？」

「オーガなら百体と戦うのも朝飯前じゃないかな」

「ええーッ!!　じゃあさじゃあさ！　ワイバーンはどう？　やっつけちゃう？」

「ワイバーンでも五つ数える間にやっつけちゃうよ」

「えええーッ!!　クロさんすっごく強いんだねえ」

マナは可愛らしく驚き、はしゃぐ。強いねえ、かっこいいねえ、と笑う。

「マナったら。ギンさんはからかってるだけよ」

「えー？　ギンさんそんな嘘ついたりしないよー」

リンナに諭されるも、マナは納得していない様子。全部本当のことなんだけどな。普通は想像できないよね。

「しかし……最近は夜になると魔物が本当に多いから、君たちが本当に強いのだとしても、日のあるうちに今日は移動しよう」

「あら……お仕事で街の外に出る時は大丈夫だったの？」

オーウェンとリンナは今後の話を始める。

「うん、街の外にいたのは日中だけさ。夜は魔物がウヨウヨいて出歩けたものじゃない。ちょっと前まではこんなにいなかったのにさ」

そう言ってオーウェンは悩ましそうに頭を掻《か》く。商売上がったりだよ、と苦笑いする彼をリンナは心配そうに見る。

私がエルフの里に行くのを、オーウェンが手伝うこと自体をリンナは止めるのではないかと不意に思ったが、それは杞憂《きゆう》だった。

「なら、これを食べたらすぐに準備した方が良さそうね」

リンナの言葉に、オーウェンは頷《うなず》いてみせる。

そうと決まれば、彼らの行動は早かった。

朝食を食べる速度が一気に増す。

私も出されたビーフシチューに、マナを真似てパンをつけて食べた。

「……」

……やっぱり違うな。

アスラのビーフシチューとは違う。そんなの当たり前だけど。

彼の作るビーフシチューは、どこか違う世界の味がする。この辺ではまず思いつかないような味付けや調理法。

どうしてそんなことを思い付くのか。

でも、そんな彼にしか出せない味が私は好きで、また食べたいと思うのだ。

「どう？　お父さんの料理美味しいでしょ？」

マナが口の周りにビーフシチューを付けながら笑う。リンナは、もうマナったら、と彼女の口を拭いた。

「……うん、美味しい」

「でしょでしょ！　やっぱりお父さんの料理美味しいって！」

「おおお！　また作ってあげるから、いつでもおいで！」

マナとオーウェンは大層嬉しそうにバンザイをする。リンナは食事中ですよ、と言って二人を諌《いさ》めた。

オーウェンのビーフシチューは確かに美味しかった。

でも、それは彼の次に、という意味だけど。

◇◆◇

朝食を終えると、家の外は人で騒がしくなりつつあった。

オーウェンとリンナは大きなカバンを取り出し、見たこともないような道具を詰め込み始める。

「ギンさん、この固定具をクロさんに付けてあげてください」

「あの……これは？」

「黄色テントウに乗るための固定具です。王都にはありませんでしたか？」

「はい……黄色テントウに乗るんですか？」

「ごめんなさい、言ってませんでしたね」

リンナが移動は馬車で、と言っていたものだから、そのつもりでいた。

空から行くならきっと馬車よりも速いはず。アスラの体調のことを考えるなら、速いに越したことはない。

「いえ……黄色テントウって街灯の代わりでは……？」

「黄色テントウは夜になると樹液を得るために街木に止まり発光しますが、日中は主に都民の運搬や移動手段になっています」

「知りませんでした……」

「無理もありません」

リンナは笑ってから説明を続ける。

「黄色テントウは、個体ごとに街木の樹液を吸う位置が決まっています。つまり黄色テントウはそれぞれ自分の縄張りを持っているんです」

リンナの説明によると、街木の樹液は、吸う位置によってわずかに味が異なるらしく、黄色テントウは生まれた時から街木の決められた位置の樹液しか吸わないという習性があるのだという。

黄色テントウは自分の縄張りの樹液に強いこだわりを持っているため、その習性を利用して黄色テントウに乗ったり、荷物を運ばせたりすることができるらしい。

黄色テントウは街木の樹液を求めるため、必ず決められた位置に戻ってくるから管理が楽なのだとか。

そして、山麓都市ツァイオンの都民のほとんどが黄色テントウを飼っており、家庭ごとに街木に止まっている黄色テントウが割り振られている。

従って、家庭ごとに街木の決められた位置の樹液を所有している。

リンナたちも黄色テントウを一匹飼っており、今日はそれに乗って移動するらしい。

山麓都市ツァイオン独自の文化である。

「お母さん、マナの『樹液入れ』どこー？」

「もうお父さんが持って行ったわよ」

「マナが『テンちゃん』呼ぶの！」

「わかったから。お父さんに樹液入れてもらって来て」

マナはリンナと話してから、準備を続けるオーウェンのところに行き、何やら瓶を受け取っていた。

「ギンさん見て見て！　これでテンちゃん呼ぶんだよ！」

「テンちゃん？」

「そ！　おーしょくテントウのテンちゃん！　小さい時から一緒なんだー！　ギンさんも一緒にテンちゃん呼びに行こうよ！」

そう言って、マナは家を飛び出して行ってしまった。

「マナったら……行かなくていいんですよ。ギンさん、準備もまだ終わっていませんし。クロさんだって寝かせてあげたいし」

「いいんです……マナと一緒に外で待っています」

「ギンさん……じゃあ、お願いしますね」

「はい」

私はアスラを背中に背負い、オーウェンとリンナより先に家を出た。アスラに取り付けたベルト型の固定具のおかげで、随分と楽に背負える。

マナのところへ行く前に馬宿へ寄り、フォルマッジを連れ出す。フォルマッジにアスラを乗せると、フォルマッジは嬉しそうにアスラの頭を口でハミハミした。

「……」

ずっと寝てるだけなのに、アスラによく懐いてる。

なんだか面白い。

フォルマッジの手綱を引き、マナの待つ場所を目指した。

「ギンさーん！　こっちこっち！」

私はフードを目深に被り、アスラのフードも正してから、マナの呼ぶ方へ向かう。

マナは居住区から少し外れた広場に立っていた。

近くには噴水や芝生の公園がある。

そう言えば、アスラを運ぶためにフォルマッジを連れて来てしまったが、黄色テントウに乗るのであれば、馬宿に戻した方が良いのだろうか。

「お待たせ」

「ううん！　それよりギンさんこれ開けて！　固くて開かないの」

マナは先ほどの瓶を手渡してきた。

瓶の蓋《ふた》を回すと、中から甘い匂いが一気に漂う。

これが街木の樹液。独特な匂いである。

しばらく待っていると、ものすごい轟音が頭上を覆った。

見上げると、巨大なてんとう虫がゆっくりと降下してくるではないか。

「……！」

これが黄色テントウ……。

昨晩、遠くから見た印象よりも大きく感じる。フォルマッジと同じくらいの高さがあるのに対し、横幅に関してはフォルマッジ三頭分は下らない。かなりの巨体だ。

「ギンさんあんまり驚かないねえ。初めて見た時はマナびっくりしたのになー」

表情に出ないだけで、これでも言葉が出ないくらい驚いている。襲われたらひとたまりもない巨体であるが、性格は穏やかなようで、マナが嬉しそうに頭を撫《な》でると触角をマナの腕に沿わせる動きを見せた。

「テンちゃん、久しぶりだねえ。元気そうだねえ」

マナが黄色テントウの触角と遊んでいると、オーウェンとリンナが広場にやってきた。

「お、ギンさんが呼んだのか。黄色テントウは初めてなんだって？　どうだい、うちのテンちゃんは大きいだろう」

オーウェンは黄色テントウ特有の鞍《くら》を取り付けながら笑う。

「ええ……想像より大きくてびっくりしました」

「そう言う割には驚いてなさそうだね」

あまり表情に出ないのは我ながら相変わらずである。こういうのアスラには伝わるんだけどな……。フォルマッジの上で動かないアスラを少しだけ見る。

「クロさんをこっちに。あと馬にこれを取り付けて」

オーウェンは鞍を取り付け終えると、アスラをフォルマッジから降ろし、アスラの固定具と鞍を固定した。

私はオーウェンから馬用の大きなベルトを受け取り、フォルマッジの胴体の下を通すと、今度はオーウェンが馬用ベルトの端にある金具を黄色テントウの足に取り付けた。

「これでよし。あとは樹液入れを取り付けて……っと」

街木の樹液が入った瓶は黄色テントウの頭に取り付けられた。

「樹液を少しずつテンちゃんに飲ませて、飛んでもらうんだ。樹液がある限りは喜んで飛んでくれるよ」

そう言ってオーウェンは軽々と黄色テントウの鞍にまたがる。

アスラの前に座ったオーウェンが手綱を持つと、黄色テントウが羽を開き、高速で羽ばたかせ始めた。

私も続いてアスラの後ろに乗った。人を三人も乗せて大丈夫かと妙な不安が頭をよぎる。

虫という印象が、人が乗るイメージからかけ離れていたためだが、黄色テントウは意外にもびくともしなかった。

「マナも行きたい！」

「あらあら、マナはお母さんとお留守番よ」

「やだやだ！　マナもギンさんと行きたい！」

「昨日メーザに遊びに行ったところでしょ？　今日はお留守番ね」

マナが黄色テントウに近寄ろうとするのをリンナが止める。マナは不満そうだが、リンナの言いつけを受け入れた。

「じゃあね……ギンさん」

「うん、またね。今度は彼が元気な時に来るから」

「ほんと!?」

「うん……」

「きっとだよ！　いつでも待ってる！」

マナは急に元気な顔を取り戻し、おおはしゃぎする。黄色テントウの羽にぶつからないようにマナを止めながら、リンナも頭を下げた。

「ギンさん、今度はクロさんも一緒に是非いらしてください。私たち三人でお待ちしています」

「リンナさん、ありがとうございます。私も彼も、ほんとうに助かりました」

とんでもありません、とリンナは笑顔を浮かべると、オーウェンが手綱を引いた。

「じゃあ出発するよ。ギンさんも掴まっててね」

手綱に黄色テントウは反応し、羽を羽ばたかせる速度を上げた。すると周囲では土埃《つちぼこり》が舞い上がり、風を巻き起こす羽の音が轟《とどろ》く。

リンナとマナの声もかき消され始め、黄色テントウは宙に浮いた。あまりにも安定して浮上したため、鞍に掴まるのを忘れていたことに気付き、アスラを押さえながら鞍の持ち手を掴んだ。

ある程度、高度を上げると、黄色テントウは一気に速度を上げて、山麓都市ツァイオンの上空を飛び出した。

「……っ」

ものすごい速度……。

前方の風圧がきつい。アスラが飛んでいってしまいそうで、より一層彼を掴む力を強めた。

はるか下方に見える森の上空を、一気に通り過ぎて、遠くに見えていたはずのロッド山脈がどんどん近づいてくるではないか。

「ギンさん大丈夫？　空飛ぶのなんて初めてじゃない？」

「は、はい……どうして王都に出回らないのか不思議なくらい画期的で……」

風の音でかき消されそうな私の声を、オーウェンはちゃんと聞き取っていた。

「あはは……確かに画期的だけど王都からツァイオンは離れているし、何より街木が王都にはないからね。テンちゃんたちは、ツァイオンでしか生きていけないんだよ」

確かに……そうだと思った。

黄色テントウたちは街木の樹液を好むのだから、街木の木がある場所にしか生息しないのは道理である。

私たちの乗るテンちゃんこと黄色テントウは、現に美味しそうに味わって樹液の入った瓶に口を沿わせる。飛びながら樹液を舐めるとは器用なものだ。

「ギンさん、もうすぐだよ！」

オーウェンの声を聞いて前方を見ると、ロッド山脈から流れる川があった。どうやらオーウェンはその川へ向けて高度を下げているようだ。

さらに高度を下げて川へ近づくと、極めて綺麗《きれい》な水質をしているのがわかった。

黄色テントウは着陸する直前で空中に停止し、先にフォルマッジを地面に下ろしてくれた。オーウェンが黄色テントウから飛び降り、フォルマッジに取り付けられている固定具を外す。フォルマッジがその場から離れるのを見計らうかのように、黄色テントウは安全に着陸した。

なんて頭の良い昆虫なのだろう……。

「よしよし、よく頑張ったな、テンちゃん！　さすがウチの黄色テントウだ」

オーウェンが黄色テントウの頭を撫《な》でると、黄色テントウは触角でオーウェンの手をしきりに触る。喜んでいるととって良いのだろうか。

オーウェンたちがコミュニケーションを図っているうちに、私は黄色テントウから降りて、次にアスラを降ろした。

するとフォルマッジが自ら寝ているアスラを受け止めに来てくれた。フォルマッジはアスラを背に乗せると嬉しそうに鼻を鳴らしてから、近くの川の水を飲み始める。

「……」

なぜか世話をしている私より寝たままのアスラを気に入っている。本当になぜか。

それにしても綺麗《きれい》な川である。

マナの言っていた水の精霊の話もあながち伝説ではないように思えた。川の上流にはエルフの里があり、そこには水の精霊がいて、川を綺麗にしているのだと、マナはそう話していた。

　人の内面を敏感に感じとるマナのことだ……もしかすると、川の綺麗な水からも何かを感じとっているように思えて仕方がなかった。

「ギンさん、この先はテンちゃんが入れないんだ」

「はい。ここまでで大丈夫です。本当にありがとうございます」

　改めて頭を下げた。

「ごめんよ。本当はエルフの里を探してあげたかったんだけど……」

「もう充分助けてもらいました。あとは私が……」

「うん……エルフの里はこの川の先にあるはずなんだけど、確証がないんだ。なんせ昔の人間が亜人種だなんていって迫害したものだから……気をつけてね……」

「はい……」

　それじゃあ、と言ってオーウェンは黄色テントウに再びまたがると、ツァイオンへ帰って行った。

　黄色テントウの羽の轟音が遠くなると、私もフォルマッジにまたがり、川の上流を目指すべく、山に入って行った。

　オーウェンの言う通り、昔の人々が亜人種と呼んでエルフたち長耳族には人間社会においての身分を与えなかった。

きっと、エルフの里に入るのは簡単な話ではないだろう。

一層気を引き締めて、私は手綱を握った。

◇◆◇

フォルマッジに乗って山を進んでいると、わかったことがいくつかあった。

まず、この山はとてもなだらかな山だということ。傾斜が急な地形はなく、少しずつ登っている。フォルマッジへの負担も少ない。

そして、山の中がとても穏やかだということだ。山自体は木々が生い茂る山のようで、岩肌が剥き出しの景色は未だに見ない。

山道こそないが、木漏れ日が山の中を照らしており、多くの小鳥がさえずる心地の良い山だった。

小鳥の天敵がいない山だということだ。

さらに川のせせらぐ音が常に聞こえて、小鳥の鳴き声もさることながら、安心感を常に感じていられた。

上り坂にもかかわらず、フォルマッジの足取りが軽快なことが、その良い証拠である。

まるで小鳥たちがエルフの里へ案内してくれているようだ。

小一時間ほど山を登り、高度が上がったためか、肌寒さをわずかに感じ始めた。

フォルマッジから一時降りる。川の水を口に含んで、喉を潤した。

木々の隙間からツァイオンの方を見ると、オーウェンと別れた川の下流がはるか下方に見える。

フォルマッジの足取りが軽いのでわからなかったが、かなり登っているのだ。

「アスラ……もう少しだよ」

アスラの寝息は穏やかである。

髪を触ると、くすぐったそうに動いた。

「………」

しかし、いつ症状が悪化するかわからない。

先を急ぐ旅なのだ。

アスラの寝顔を見て、さらに気を引き締めて、再びフォルマッジにまたがる。

そこからほんの少し登ると、開けた場所に出た。

見上げると空が近い。

奥には大木がそびえ立っている。

近寄ると、巨大な昆虫が大木にはり付いていることに気付いた。

黄色テントウに大きさも形も似ているが、色が黄色ではなく白い。黄色テントウではないのだろうか。

何匹も大木に止まっていた。

大木を通り過ぎる。

かなりの巨体をしているにもかかわらず、その昆虫たちは私たちを襲う素振りすら見せない。

大木の向こうに山道が見えた。

木々の間を縫うように設けられた細い道である。

看板などはないが、人の足によって踏み固められた道だ。フォルマッジの手綱を引く前から、フォルマッジがその道を進み出した。

さっきまでの小鳥たちのさえずりが聞こえない代わりに、せせらぎの音が大きくなる。

「……っ」

用心深く目を凝らしながら、しばらく進んだ。

そしてまた開けた場所に出る。

私は思わず息を呑《の》む。

フォルマッジから降りると、その足音でその場にいる数人がこちらを見た。

「人間……!?」

「人間だ！」

「族長に伝えろ！」

よかった……。

みんな耳が長い。

農作業をしていた数人のエルフは、大慌てで逃げて行った。

エルフの里に到着したのだ……！

感動に思わずフードを取る。

「アスラ、ついたよ。もう大丈夫だからね」

アスラの父親レイヴンの遺言も、マナの信じたエルフの話も、すべて真実。存在したのだ。

里の中に少し入ったところで、遠くから大急ぎで駆け寄って来るエルフに気付く。

そのエルフは私たちの前で急ブレーキで止まり、肩で息をしながら、顔を見せてくれた。

「ミレディ様！　お久しぶりです！」

金髪のエルフ。

髪を後ろでまとめており、小柄な若い女性。外見だけで言えば少女のよう。

フォンタリウスの屋敷にいた頃と全然変わらない。

「ヴィカ……！　久しぶり……」

いつの間にか私はヴィカの背を追い抜いていたようだ。

服装はもうメイド服ではなく、麻のような生地の服と前掛けを身につけており、自然を愛する長耳族らしい服装である。

しかし表情は屋敷にいた頃と同じく元気いっぱいの様子。

「遠いところまでようこそお越しくださいました。人間の方は少し怖がられていますが、私や族長から話せば大丈夫です！」

「族長……」

「はい、長耳族を取りまとめる里の長です。人間が来たら、族長に会わせるのが決まりなのですが、悪いようにはされないはずです！　もしされても、私が止めますから！」

安心してくださいね、とヴィカは満面の笑みで一人盛り上がる。

「それでミレディ様……今日はどうしてエルフの里に？」

「この人の病がここでしか治らないと聞いたの」

私はフォルマッジの背中に乗っている、もとい寝ているアスラに視線を向けて示した。

「病ですか……それも族長に直接お話した方が良さそうですね！」

「そう……それじゃあお願いしてもいいかな？」

「もちろんです！　いやぁ、それにしてもミレディ様すっごい美人になってびっくりしましたよ！　昔から綺麗《きれい》な子だなって思ってたんですが……」

とりとめない話をしながらヴィカは歩き出した。

フォルマッジの手綱を引き、彼女の後をついていくが、ヴィカはどこか落ち着きがなく、そわそわしているようだった。どこか早口に聞こえるし。

「ヴィカ……アスラのことが気になるの？」

「え……っ!?」

「図星？」

「いやぁ……まぁ……わかりますか？」

「顔に書いてあるもの」

「ですよね……二年前にアスラ様が亡くなった時、ミレディ様は近くにいたんですよね。どんな最期だったんですか？　あ、それに馬に乗ってるそのお方って……？」

「質問はいっぱいあるよね。久しぶりだもんね」

「私ったら……すみません」

「ううん。それに二つ目の質問はすぐにわかるよ。彼のフードを取って顔を覗《のぞ》いてみて」

「それってどういう……え、っていうか『彼』ってことは……病気の人ってもしかしてミレディ様の恋人か何か……？」

恐る恐る尋ねるヴィカに、頷《うなず》いてみせる。

「やっぱり……！　こ、こんなこと言っては失礼だと思うんですけど……てっきり私は、ミレディ様はアスラ様がお好きなのかと……他の殿方と一緒だなんて意外で……」

「ヴィカ」

「いえ！　いいんですよ!?　恋愛なんて人の自由だし、私が口を挟むことじゃないので！　ハイ！」

ヴィカは焦ったように説明を加える。

私がヴィカの言葉に怒ったとでも思っているのだろうか。

「まだ何も言ってないけど」

「う、はい……」

「いいから、彼のフード取ったらわかるから」

と、ここまで言ってようやくピンと来たようだ。

「まさか……っ！」

大急ぎでフォルマッジに駆け寄り、ヴィカは馬の背で寝ている人物のフードを取った。

「アスラ……様……っ」

ヴィカはアスラを一目見ただけでアスラだとわかったようだ。何年も会ってないというのに。

「よくすぐにわかったね」

「ええ……ええ……だって何年も屋敷でお世話をしていましたから……」

ヴィカはついに泣き出してしまった。

「死んだと聞いたから……昔から心配ばっかりかけて……」

アスラの温もりを何度も確かめるように、ヴィカはアスラの顔を抱いて、額を合わせ、頬《ほお》にキスを……って。

「やりすぎ」

「あっ、すみません！　あのぉ、アスラ様とは恋人同士……でいいんですよね！」

再び頷いてみせた。

「そっかぁ、よかったよかった。ミレディ様なら安心だ」

昔から二人はお似合いだと思っていたんですよ、だとか、馴れ初めが気になるなぁ、とヴィカは言いながら大袈裟《おおげさ》な動きをしてみせる。

もしかして。

「まだ気になることが……？」

「そ、そんなにわかりやすいですか……」

「うん。アスラがなぜ生きているか、でしょ？」

「ミレディ様にはお見通しなんですね……」

ヴィカは自分の顔をぺたぺたと触りながら、そんなに表情に出ているかどうかを自ら確認する。

「全部まとめて、族長様の前で説明するよ。今のアスラには時間がないから」

その一言でヴィカの顔つきが途端に引き締まった。

「はい……っ！」

そして気合の入った返事が返ってくる。

◇◆◇

エルフの里は入り口から縦長の造りになっているようで、族長とやらのいる社《やしろ》が里の最奥に位置していた。

族長の社までヴィカとフォルマッジと進む。

エルフの里の中を歩くのは、居心地が悪かった。ヴィカが案内をしているから声は掛けられなかったのだろうが、里のエルフたちの警戒心が痛いほどに感じられた。

やはり人間はよく思われていない。

しかし、里の風景は穏やかで、森の中そのものだった。

道中のような森ではなく、木の背が高く、頭上を葉で覆われている。地上の空間ががが広く感じられる。

そして自然の景観が損なわれないように、里の建物などは木々の成長などに合わせた形や配置をしていた。

自然を、森を愛する姿勢が里の風景によく出ている。

レンガや石畳などは全くない。

木や藁《わら》、ツタを用いて造られた建物ばかりだ。

里の奥にある社も、やはり木造のもので、しかし他の家々の屋根が藁で作られていることに比べると、木を掘って造られており、造形美を意識した屋根なのだとわかる。当然、社は里の中でも目立っていた。

目印のような存在なのだろうか。

社のそばにフォルマッジを待たせて、ヴィカと社の中へ入る。途中、アスラをおぶるのを代わるとヴィカが申し出てくれたが、大丈夫だと言って断った。

ここまで私一人でアスラを連れて来たのだ。この場も、今後も、アスラの一番近くは私でありたかった。

木造の社の中は漆塗《うるしぬ》りになっており、独特の光沢を持つ柱や壁の広間があった。

広間を抜けると、木目の床が広がるさらに大きな部屋につながっている。

その奥には、あるエルフが床に敷いた豪奢《ごうしゃ》な絨毯《じゅうたん》に鎮座していた。

黒い髪のエルフだ。

耳は尖《とが》っているものの、ヴィカと比べて短い。

赤と黒の着物のような服装で、前掛けがよく目立っていた。

「ハイエルフ……」

エルフの上位種……というくらいの情報しかない。エルフの中でも特に精霊との親和性に長《た》けている種族をそう呼ぶのだとか。

「思ったより早かったのね。先を急いだのかしら？」

このハイエルフが族長……？

綺麗《きれい》なソプラノの声。

ヴィカが部屋の入り口の隅で立ち止まり、頭を下げてから部屋の隅へ退く。

彼女のうやうやしい態度から、目の前のハイエルフが、この国のエルフの族長なのだと得心がいく。

「私たちが来ることを、ご存知だったのですか？」

ハイエルフは、まるで子供が遊びで勝ったかのような無邪気な微笑を浮かべて答えた。

「美しい人間のお嬢さん。私は彼を知っているわ」

「それはどういう……？」

「あなたたち、というより、彼がここに来ることを知っていたのよ」

ハイエルフは立ち上がり、こちらへ、と私たちを招く。

「私はガルダ。この国の長耳族の族長をしているの。人間のお嬢さん、あなたの名前を教えてくれるかしら？」

「ミレディ＝フォンタリウスと申します」

「そう……あなたが彼の……」

「？」

ガルダと名乗るハイエルフは、私の名前で何かを納得したように目を見開く。

が、すぐに絨毯《じゅうたん》の上に戻り、座り直した。

「ミレディ、あなたたちの要件はわかっています。彼の病を治してほしいのでしょう？違う？」

「……なぜそれを？」

驚いた、というより恐怖心が生まれたという方が正しい。相手の思考が読めるのかと思うほど、私たちがここへ来た目的を言い当てた。

「ふふふ、あなたは彼と違って良い反応をするわね。あとで……彼が目を覚ました後に教えてあげる」

まるでアスラを昔から知っているかのような口ぶりである。

「私と彼との関係も……気になるのでしょう？　教えてあげるわ。あなたには知る権利があるもの。でも今は、彼を治すことが最優先ね」

何とも自分のペースで話を進めるエルフだ。

しかし友好的なのは助かった。族長までもが里のエルフ同様に私たちを警戒していたなら、こうも易々と話は進まなかっただろう。

「よく聞いて。彼の病は里では治せないの」

「そ、そんな……」

何のためにここまで、と思ったが、ガルダの話には続きがあった。

「最後まで聞きなさい。この山の頂上に、ある精霊がいるわ。その精霊なら彼の体の異常を抑えることができるはず」

「この山の頂上に……？」

ロッド山脈の頂上を目指すというのか。

この山は頂上に雲がかかるほど標高が高いのだ。何がもう少しだと言うのか。先はまだ長い。

「そう。その精霊と契約するの」

「契約を……？」

「かなり高位の精霊だけど……あなたならできるはずよ」

「何を根拠に……」

本当に大丈夫なのだろうか、この族長の話を信じて。

どこか胡散臭《うさんくさ》くて、どこか私たちを見透かしたような言動。

私たちがその精霊にすがりつくしか手がないことを嘲笑《あざわら》っているのだろうか。


「わかるわよ。だって、見てきたんだもの」

「?」

ガルダの言葉の意味を、この時の私はわからなかった。

しかし、この時の私にとって、彼女の言葉に怪しさを感じられずにはいられなかった。

アスラの命がかかっているこの大事な時に、何を余裕ぶっているのだ。

頭にきていたと言ってもいい。

その後は山頂までのルートについてざっと説明を受けただけで、時間も惜しかったため、すぐに里を出ることにする。

ガルダの社を出る前に、一つだけアスラに伝言を頼まれた。

「目を覚ましたら彼に伝えてほしいの」

「あなたも一緒に山頂に行けば本人に直接伝えられるのでは……」

「私は山頂の精霊に嫌われているから……とにかくいいかしら?」

「……はあ」

どこか釈然としない。

が、お構いなしにガルダは伝言を押し付けてきた。

「『白ウサギが待っている』って」

「白ウサギ……？」

「彼に言えばわかるわ」

「……」

よくわからないハイエルフだ。

エルフはみんなこうなのだろうか。話が通じないどころではない。

しかしヴィカは普通に意思疎通ができる。

族長を務めているエルフがおかしくなってしまうのだろうか。

妙に引っかかるが、今はアスラのことを一番に考えたい。

山頂にいるらしい精霊を目指すしか、今の私に彼を救う手段がないのは事実なのだから。

ハイエルフの言葉の意味、アスラとの関係。諸々の不信感や猜疑《さいぎ》は、この里に置いて行こう。

「ヴィカ、また戻って来るから」

「はい、お二人のことをお待ちしています」

社を出る前にヴィカと少ないながら言葉を交わした。

結局、アスラがなぜ生きているのか、ヴィカには説明できていないままだ。

彼女もガルダと私の会話を聞いていたのか、追及するのは後回しにしてくれた。

ヴィカも連れて行きたいが、きっと足手まといになる。彼女もそれをわかっているのか、ついて来ようとはしなかった。

里に戻る時には、アスラは目を覚ましている。

そう信じて、私は里を出て、ヴィカは見送ってくれたのだ。

引き続き、フォルマッジの背にアスラを寝かせて里を出ることにする。

社の奥からも里を出ることが可能で、その道が山頂まで続く一本道なのだとか。

族長のガルダはそう話していた。

彼女もアスラと話したがっていたみたいだし、嘘の情報は教えないだろう。

里の誰かの協力の一つでも得られれば良かったのだが、ヴィカはあの通り険しい道のりや戦闘には不慣れだ。

里のエルフはそろって懐疑的な目を向けてくるし、族長のガルダに至っては精霊に嫌われているという謎の理由から、誰の協力も得られないまま、山頂を目指すこととなった。

「別にいいけど……」

ここまでアスラを連れて旅をしたのは私だし、最後にアスラを助けるのも私だ。

アスラが目を覚ます時、私が隣にいたいという気持ちもある。

これはエゴだろうか。

いいや。それでも構わない。

アスラの意識が戻るのなら、私はどうなっても……。

◇◆◇

山道は、エルフの里までの穏やかな森とは打って変わって、一気に険しい岩肌剥き出しの道となった。

風は厳しく、フォルマッジに乗っていると飛ばされそうになる。

地面に足をつけて歩く分には、障害物となる岩を風除けにしたり、岩に掴まることもできた。

フォルマッジの手綱を引いて、暴風の中を歩いた。

坂も険しく、高度が上がり、雲の中に入る。

激しい風に雨も加わり、一気にびしょ濡れになった。

せめてアスラの体は冷やさないようにと、自分のローブをアスラにかけて、フォルマッジの鞍《くら》に強く結びつける。

この暴風雨の中、フォルマッジはちゃんとついて来てくれていた。

私の体が急激に冷えていくのがわかる。

手と足の感覚がすぐに消え失せ、まるで冷水のシャワーを浴びているようだ。

でも、アスラのことだけを考えると、平気に思えるのが不思議である。

「アスラ……」

小まめにアスラの体調を確認する。

息が荒くなってきた。急がないと。

暴風雨は収まる気配がなく、岩場がどんどん険しくなり、雲で視界がほどんどない。

何度も転んだ。何度も岩に体を打ち付けた。

そのたびに私が掴まっている手綱をフォルマッジが引っ張ってくれて、転落することなく、立ち上がることができたのだ。

本当にこの先に精霊はいるのだろうか。

アスラはこのまま死んでしまいやしないだろうか。

体力が削られるにつれ、どうしようもない考えばかり湧き起こってくる。

息が切れ、視界が霞む。

今となっては気力だけで登っていた。

辛い時、私はアスラのことを思い出して頑張ってきた。

アスラと初めて会った時、魔法学園でアスラと再会した時、アスラとダンスを踊った時、アスラと解放軍を倒した時、アスラが好きだと言ってくれた時……。

勉強も、魔法の練習も、アスラがいない日々も、乗り越えて来られた。

絶対に倒れてなるものか。

たとえこの身が朽ちようとも、アスラだけは……彼だけは。

もはやフォルマッジの手綱をちゃんと握れているのかもわからない。

手綱を自分の腕に強く結んだ。

体のあちこちが痛む。

しかしそれがどうした、アスラの苦しみに比べればと自身に喝を入れた。

歩きやすい足場や風向きなど、気にする余裕もない。

アスラの身を案じることしか私はできない。

最悪、私がここで倒れても、フォルマッジが山頂に辿り着いてくれれば……。

意識が朦朧《もうろう》とする。

眩暈《めまい》がし始めた。耳鳴りで音が聞こえない。


しかし、急に、雲は晴れた。

「え……」

私の冷えた体を温かく包み込むように、雲一つない晴天が日光を届けてくれる。

体を冷やさないようにというかのごとく、温かな風が私の体に温もりを届ける。

びしょ濡れの私は、その場に座り込んだ。


目の前に広がるのは、大きく窪んだ草原と、その中心にある湖だった。

この山は元は火山だったのだ。

死火山の火口が陥没、崩壊し、今ではカルデラとなっていた。

それにしても……何と温かで心地の良い窪地なのだろうか。

凍えて感覚のなかった手や足に体温が戻り、髪から滴る雨水も温水のようだった。

私の後ろでフォルマッジがぶるる、と首を振り、水気を飛ばす。

「アスラ……」

フォルマッジの背に寝るアスラの様子を見ると、何と、口が動いていた。

「み、み……水を……」

話している。

アスラが話している……！

しかし息は荒く、火を噴いているかのように息が熱かった。

「待って、もう少しだから……」

急いでフォルマッジからアスラを担ぎ下ろす。

アスラの体は濡れていないようだったが、私がおぶったせいで少し濡れてしまった。

しかしそんなことも後回しで、私はカルデラの坂を駆け下りる。

最後は滑るようにしてカルデラ湖に辿り着き、すぐにアスラを降ろした。

水の清澄度が異様に高く、驚いた。

水をすくう物がないため、アスラの口を水面に近付けると、アスラは顔ごと水につけ、ごくごくと喉を力強く鳴らして水を飲み始める。

「アスラが……生きてる……」

アスラが体を動かしているという当たり前のことに、腰を抜かしてしまった。

水を飲み終えたアスラは、満足そうに草原に倒れ込み、静かに寝息を立て始めた。

「アスラ……」

ダメだ、泣きそう……。

鼻水をすすると、フォルマッジも鼻を鳴らした。

フォルマッジも喜んでくれているのだと振り向くと、そこには見慣れない水色の髪の少女が立っていた。

「賢い重馬ですね。主人によく懐いています」

「あ、あなたは……」

腰が抜けて立ち上がれず、私は言葉を発することしかできなかった。

少女が水色の髪を揺らしながら、フォルマッジを撫《な》でると、フォルマッジは嬉しそうに鼻をぶるると鳴らす。

「どうか安心してください。この湖の水には治癒魔法をかけてあります。彼は無事ですよ」

「あ、ありがとう……」

これで得心がいった。

彼女はこの山の主。

ガルダが言っていた精霊だ……。

「よくここまで来ましたね。彼を想う一心で。辛い道のりだったでしょう」

「え、ええ……」

鈴を転がすような可愛らしい声で、彼女は笑う。

黄色の瞳に、青いポンチョのような服。水色の長髪に、青い前掛けがよく似合っている。

　年は十四、五歳くらいに見える。背も私より低い。

「ここまで来る様子……見ていましたよ。あなたはとても慈悲深く、愛と思いやりで彼を懸命に運んでいました」

「は、はあ……」

「永い年月を生きて来ましたが、ここまで愛し合うつがいを私は初めて目にしたのです。私はエルフの里のクソ族長とは違い、あなた方に恩恵を与えましょう」

「……クソ？」

　聞き間違いだろうか。

　このような可愛らしい少女の口からクソ族長と聞こえたような……。

「ええ、クソ族長です。あの野郎、私に嫌われているからという理由であなたたちへの協力を渋ったのです」

　く、口が……ひどく汚い……。

「……見ていたの？」

「はい。失礼ながら、ここまでの道のりを見させてもらいました」

「ずっとついて来たってこと？」

「はい。水滴というのは、この湖にも、雨にも、どこにでも存在するのです。私も同じ……」

やはり精霊……それも水属性を司る高位の精霊。

「名乗り遅れました。私は癒しと愛を司る水の『神級精霊コーラス』。あなたの望みをどうか手伝わせてはくれませんか」

「神……級……？」

「はい。私と同位の精霊たちが各地で人間と契約を結び、神級と呼ばれています。従って、私も神級と……」

「わかるの……？」

「何となく、ですが……かなり感覚的なものです」

「私と契約を結んでくれるの？」

「もちろんです。あなたたちの誠の愛に私は感動したのです。彼を助けにここまで来たのでしょう？　その手助けをさせてはくれませんか？」

かつて、ここまで安堵《あんど》したことはあっただろうか。

思えばアスラの熱が下がらなくなってから何日も経っている。

アスラが、助かる……。

「ああ、あなたの彼を想い流す涙とは、なんと透き通っていて綺麗《きれい》なのでしょう……是非、私と契約を……！」

神級精霊の方から契約を申し出てもらえるなんて、願ってもない。

アスラのためなら、何だってできる。

「もちろん……」

「そう言ってもらえると、信じていました。さあ、契約です！」

78話　神級精霊コーラス

〈ミレディ〉

コーラスと名乗る精霊が契約開始、と言い放った途端、青い唐草《からくさ》模様の魔法陣が私とコーラスの下に現れた。

彼女は自身を神級精霊だと言う。

私にとって、神級精霊と契約するのは二度目である。

「……ッ！」

しかし、コーラスが途端に険しい表情を見せた。

そして、青い唐草模様の魔法陣の上に、赤い唐草模様の魔法陣が浮かび上がったのだ。

「多重契約……っ!?」

コーラスの青い魔法陣が消えそうになる。

消えそうになるにつれ、赤い魔法陣が大きくなり始めた。

「何が起こって……」

「飲まれるものですか……ッ！」

コーラスの頬《ほお》に汗が一滴流れる。

そして間もなく、コーラスの荒い息と共に魔法陣は消えた。

「あなた……ミレディ……他の神級精霊と契約しているのなら先に言ってくださいよ。押し負けるところでした」

「他の……あっ」

そうだ、私は精霊化したアスラと契約しているのだ。

それが神級精霊との契約とみなされるのであれば、あの赤い唐草模様の魔法陣はアスラとの契約の……。

「思い当たる節があるようですね。どこの精霊ですか、私の先に契約した精霊というのは？」

「えっと……」

私は草原で寝ているアスラを見る。

まだ心地の良さそうな寝息を立てていた。

「彼……アスラと契約しているの」

「素晴らしい愛の力……と言いたいところですが、無理です。人間同士が契約するなんてあり得ません」

「アスラは精霊化できるんだよ。少し前まで……二年くらいの間、精霊だったんだ」

「そんな馬鹿な……――――」

コーラスは冗談だと思って軽く笑い飛ばそうとするが、私の目を見て、何かを悟る。

「――――そ、そんな……神級精霊である私の英知をも超越した愛の力があるだなんて……」

そして大袈裟《おおげさ》な、まるで恋愛話の舞台を演じている役者のように芝居がかった驚き方をする。

癒しと愛を司る精霊だと自称していることからして、もしかしなくても愛だの恋愛だの、色恋沙汰の話に弱いのだろうか。

まるでリンナとマナ親子のようだ。

「何という愛の深さ……そして神級精霊の力を持つ彼でも乗り越えられない病の壁を、彼を愛する一人の女性が打ち破る……何という純粋で壮大な愛のドラマだというのでしょう……」

「だ、大丈夫？　何があったの？」

「はい……二体以上の精霊と同時に契約することを多重契約というのですが、大体は力が強い高位の精霊との契約が、下位の精霊との契約をかき消してしまうのです」

「じゃあ、今の契約は……」

「安心してください。私のは大丈夫です。ただ……」

「ただ？」

「彼との契約が強固過ぎて、それほど強い結びつきの契約にはならなかったのです」

そう聞いて、私の背中に冷たい汗が流れるのを感じた。

「ご、ごめんなさい……」

自分が青ざめているのがわかる。

「そう青くならないで。二人の愛の契約が神級精霊の契約に勝る。これほどロマンチックなことはありません。強い結びつきの契約でなくとも、契約は完了したのですから」

「強い結びつきにならなかったら、どうなるの？　力を借りられない？」

「いいえ、そうではありません。反契約魔法などを受けた場合などに、先に契約を解除されてしまうというだけです」

「はん……契約……？」

「ええ。滅多に使う者はいませんが、最近は魔物の活動が活発化しているので、中にはそういう魔法を使う魔物や魔王が出て来るかもしれませんね」

「え？」

今、聞き慣れない言葉がさらっとコーラスの口から発せられた気がする。

私は少し逡巡《しゅんじゅん》してから、コーラスに聞き返した。空耳だといいのだが……。

「ま、魔王……？」

「そう、魔王。最近、神級精霊と人間が契約し始めているのも、魔王に対する備えです」

「な、なにそれ……初めて聞いた……」

魔王と言えば、お伽噺《とぎばなし》などによく出て来る悪者である。

魔物を率いて人の住む街を襲う魔物の王だ。

絵本の世界の話だと思っていたのに。

「ミレディ……あなたもしかしなくても、神級精霊や魔王について、あまり知りませんね？」

「う、うん。全然知らない……」

「全然ときましたか……まあ、最初に契約した神級精霊が人間なら無理もありませんね」

コーラスは、順を追って説明をし始める。

「待って。その前にアスラを……」

が、しかし。私は待ったをかけて、先にアスラを治すよう促した。

するとコーラスは豆鉄砲を食らったような顔をしたが。

「なるほど、実演をしながら説明してもいいかもですね……」

何かに納得するように呟《つぶや》いて、快くアスラの治癒を優先してくれた。

「ミレディ、あなたが治癒魔法を彼にかけてあげるのです」

「で、でも……何度も試したけど、最近では全く効果がなくて……」

「いいから。やってみてください」

コーラスが余裕の笑みでそう言うので、治癒魔法を今一度、アスラに施すことにした。

普段と同じく、緑色に光る粒子が空中に漂い、アスラを癒し始める。

しかし、普段通りだったのはここまでで、急に自分の中で魔力が溢《あふ》れたかと思うと、緑色の粒子が突如膨張し、私を含めてアスラとフォルマッジまでも飲み込んだ。

緑に光る粒子の中は温かく、これまでの疲労が吹き飛ぶような心地よさだった。

緑の粒子がやがて透明になり、空中に消える。

その様子を眺めていると、すぐそばで動きがあった。

まさか――――。


「ん……う……なんだ……」


目を疑った。

ありえないと思っていたからだ。

こんなにも早く、こんなにもあっさりと戻って来てしまうのだ。

いつも通りの、ケロっとした彼の表情が。

思わず嗚咽《おえつ》が漏れそうになるのを、手で口を押さえて飲み込もうとする。

ああ、でも駄目だ。

私はいつからこうも涙もろくなってしまったのだろう。

横になっているアスラに思い切り覆い被さると、そのまま首に腕を回して抱きついた。

「うわぁぁ……もうだめかと思ったぁぁ……」

「おいおいどうしたミレディ。ここどこだよ。なあ、おい」

アスラが私の背をさする。

私が泣いているからだ。

こんなにも私は追い込まれていたんだと、アスラが目を覚ましてからわかる。

アスラが起きない日々の心労が、一気に決壊した。我慢していた私の弱音が、氾濫《はんらん》した川のように溢《あふ》れる。

何度も思った。

アスラがもう目を覚まさなくなったら?

これからの人生を生きていけるのだろうか。何度も自分に問うた。

アスラが精霊になって生きていた二年間も私は大丈夫だったのだから、今度も自分は大丈夫だと言い聞かせたが、今は無理だと思う。

二度も彼を失えば、私は生きてはいけない。その後のことなど、考えたくもないのに、色んな不安が濁流となって自分に襲いかかる日々。

そんな不安や重圧が、アスラの一言ですべて吹き飛んだ。

安心したのだ。

私は。

コーラスのことなど一時忘れ、私は落ち着くまでの間、アスラの胸に顔を埋めていた。

◇◆◇

〈アスラ〉

「大丈夫？」

ミレディの目が赤い。

鼻水をずずっとすする彼女は久しぶりである。

「うん……」

そう言って手の甲で顔を拭う。

俺が意識を失ってから数日経っているのだという。

その間、ミレディとフォルマッジは俺を担いでここまで旅をして来たのだ。

ミレディから、俺が気を失ってからの話を聞いた。

王都から汽車に乗り、水都メーザで情報を集め、また汽車。

山麓都市ツァイオンなんて行ったことも聞いたこともないような土地を訪れ、色んな人の世話になりながらエルフの里を目指したのだとか。

そして里についた後も、この山頂を目指して死ぬ思いをして水の神級精霊と契約した。

ミレディの髪がぼさぼさである。きっとさっきまで彼女はびしょ濡れだったに違いない。

険しい山道の中、雨風に晒《さら》され、俺が濡れないように運んだのだ。

なんて壮絶な旅をしたのだ。

その間、俺はずっと眠ってたっていうのかよ。

ありえない。

彼女にここまで大変な思いをさせて、平気ではいられなかった。

ミレディをその場に起こし、俺も起き上がる。

そして正座をして頭を地面に付けた。土下座である。

「ここまでありがとう。おかげで元気になれた。大変な思いさせてごめん……ッ！」

「ううん……私がしたくてやったんだよ」

「でも……」

そんなの嘘だ。どこかで投げ出したくなったはずだ。

「アスラが元気になってよかったよ」

「本当に……？」

「本当だよ」

なんて、なんてできた彼女なのだ……。

絶対にこの娘を幸せにしたい。そして一生横で笑っていて……ってミレディは無表情でもいい。

「す……っ」

好きだ、と言いそうになった。

しかし良くしてもらった時だけの勢いで愛の言葉を言うのはどこかためらわれた。

「すごく嬉しい。そこまでしてくれて……」

いや、ただ単に愛の言葉を囁《ささや》くことに羞恥《しゅうち》を感じて日和っているだけなのかもしれない。

「うん……！」

しかしそんな俺に向けられる彼女のちょっとした笑顔が眩《まぶ》しすぎる。

基本無表情な彼女だから余計にドキドキした。

「だからそんな変な頭の下げ方やめてよ」

「……あ、ああ」

ミレディにとっては変な頭の下げ方で感謝してきた男と思われていそうで自分のことが

少し嫌になった。

これ……土下座っていうんだけどな……。

「昔、これが誠意ある謝り方だって聞いたことがあって……」

「そんな謝り方知らないし、謝らなくていいんだよ。私が好きでしたことだって言ったでしょ」

ミレディの優しさにたじたじになる。

すると横から水色の髪色をした少女が現れた。

「なんと、なんと素晴らしい愛なのでしょう……このコーラス、感服しました」

恍惚《こうこつ》な表情を浮かべて瞳を潤ませている少女。

この子がミレディが契約したという神級精霊か。

「私は神級精霊コーラス。癒しと愛を司る水の精霊です」

「これはどうもご丁寧に。俺はアスラ＝トワイライト。よろしく」

「さて、こんな場所で申し訳ありませんが、あなたたちには少し説明が必要だと思いますので、聞いてくださいね」

ミレディは居住まいを正し、座り直した。

「え、なになに」

俺は何の説明が始まるのやら見当がつかないまま、ミレディに倣《なら》ってその場に正座した。

コーラスと名乗る精霊は、こんな場所でと言ったが、爽やかな風が吹く温かくて居心地のよい場所である。

見渡すと、どうやらカルデラの中にある湖の近くにいるようだ。

「まず、多重契約についてです」

「たじゅうけいやく？」

「はい、先ほどミレディにも説明しました」

どうやら神級精霊との契約についての話らしい。

コーラス曰く、俺が元精霊で、ミレディと契約しているとは知らずに契約の魔法陣を発動させたのだとか。

反契約魔法という魔法を使われると、優先的に契約の結びつきが弱いコーラスの契約が解かれると彼女は言う。

そして大事なのはここからです、とコーラスは続ける。

「先ほど、ミレディが治癒魔法でアスラの病気を治しました。これまでミレディの治癒魔法では治らなかったのに、です」

「ミレディが治してくれたんだ？」

「うん」

「俺なんて病気だったの？」

「魔力が多過ぎて体がその量に耐え切れなくなってたんだって」

「まじで？　魔力が多いのも考えものだな」

「トワイライトの家系はみんなそうだってミカルドさんが……」

と話したところで、コーラスがパンと手を鳴らした。

「愛が深く仲が良いのはとても良いことですが、私の話を聞いてください。今後に関わりますので」

コーラスはきっと善意で俺たちに説明をしてくれている。

しかし、ミレディは大変な旅の直後。俺は病による意識不明状態から目を覚ました直後。だけど二人とも落ち着いていて普段通り。

変な感じだ。

「おほん。なぜか、今のミレディの治癒魔法では治ったのです。それは、神級精霊と契約した魔法使いは、神級精霊の属性魔法を使う際、それが『極致魔法』になるからです」

まるで教師にでもなったかのように、偉そうな咳払いの後、やはり教師面で説明するコーラス。

「極致魔法？」

「はい。極致魔法とは、人間が使える魔法の上位にあたる魔法です。効力や規模が強化されていて、魔物や魔人が使える魔法で、本来人間は使えません」

魔物や魔人ねぇ……。

そういやウィラメッカスでビーフシチューを教えてくれたディミトロフが魔人だと名乗っていたな。

確か、ディミトロフも自分の使う魔法を極致魔法だと言っていたな……。魔人は生まれつき全属性の魔法を使えるのだとも。そりゃあ魔人の中に反契約魔法なんてすごい魔法使うやつがいてもおかしくないわな。

「じゃあ、ミレディの水属性魔法は、これから魔人たちと同じ極致魔法ってことになるのか？」

「はい、その通りです。ちなみにアスラ、あなたは精霊化で神級精霊になれると聞きましたが、精霊になったあなたの魔法も極致魔法扱いで良いかと」

ミレディから俺のことを聞いているようだ。

しかし……なるほどね。

二年以上前のことだからうろ覚えも良いところだけど、ディミトロフの話していた通りだと思う。

魔大陸という大陸がどこかにあり、そこでは人間の魔法より強力な魔法を使う魔人がいるのだ、と。

「それなら、さっきコーラスが言ってた『魔王』っていうのは……？」

ミレディがいつもの無表情でコーラスに尋ねる。久しぶりの彼女の無表情は、何だかほっとした。俺だけの感覚なのだろうが。

いやぁ、平和なことである。こうして恋人の横顔を見られる日が――――。

「――――って、ええ？　魔王!?」

「うん、さっきコーラスが……」

「そうですね。何百年かに一度のことですが、ある日、魔王が誕生します」

「唐突だな」

「ええ。突如に出現したり、他の場所から魔王になるためにやって来たり、誕生の仕方は様々ですが、ある日突然にどこかの魔人が魔王の素質に目覚めるのです」

「まるで見てきたかのような言い方だな」

「何百年も精霊をやっていますので」

そう聞いて、コーラスはコーラスで、このような少女のナリだけど、年齢や老いが無関係な精霊を永いことやってきたんだな、と不意に思う。

長寿が度を過ぎると妙に人に肩入れしたり、やってこなかったようなこともしたくなるのかな。

「話が逸れました。魔物の活動が活発になっているのは、魔王が誕生した証拠なのです」

もうこの世界に魔王がいるってのかよ。

「ま、まま、魔王は生まれたら何をするんだよ？　人を襲いにくるのか？」

「そう怖がらなくても良いのです。魔王は自身の魔力をもって魔物を凶暴化させ、人の世界を支配することを企んでいる可能性があるだけなので」

「いや、怖がるところでしょ、これは」

「続けます」

続けるんかーい、とツッコむと話が長くなりそうだったので、心の中だけに留めた。

ミレディはそれほど驚いてなさそうだが、無表情なだけだろうか。それとも俺が目を覚ます前にある程度話を聞いたとか？

コーラスの話によると、魔王とやらは魔大陸という遠い大陸にいるのだという。人間のいる大陸に来て、直接手を下すことはないのだとか。どこまで本当かわからないけど。でもとにかく、今は魔大陸から魔物が大量に人間のいる大陸に流れ込んで来ており、魔王の力で魔物が凶暴化しているというのは確からしい。

「あとの詳しいことは、元魔王のクソ族長に聞いてください」

「……っ!?」

ミレディが珍しく驚いていた。誰それ？　知ってるの？　元魔王。

「クソ族長って……エルフの里のガルダさんのこと？」

「ああ、そんな穢《けが》れた名前は聞きたくありません」

コーラスは渋い顔をして耳を手で塞ぐ。

「あのクソ野郎は、私という精霊の生み出す川の上流に里を築いておきながら、魔王などという忌むべき存在になったのです……恩を仇《あだ》で返すとは……なんと無慈悲で愛のない……」

コーラスはその時の様子を思い出しては、苦虫を噛《か》み潰したような顔をして頭を抱える。

「だから嫌いなんだ、族長のこと」

「はい……私は愛情深い出来事や姿勢は好きですが、その反対は倍増しで嫌いです」

ちゃんと癒しと愛を司ると自称するだけのことはあるんだな。性格もそれに伴った性質をとっている。

嫌いなものに対しての口は汚いようだが……。

とりあえずはそのクソ族長という人に詳しい話を聞くという方針で良いのだろうか。俺は目が覚めたばかりで、いまいち状況が飲み込めないでいた。

コーラスの清純な印象をぶち壊すような暴言におののくことしかできない。

「ひとまず、アスラが目を覚ましたのなら、ここにいる理由もないでしょう。ミレディ、エルフの里に戻りますか？」

ミレディは逡巡《しゅんじゅん》してから、俺を見る。俺と目が合うと、さっと目を逸らし、彼女は答えた。

「アスラが目を覚ましたばかりだし……もう少しここで休みたい。帰り道も険しいだろうから……」

「わかりました」

ミレディはそう言って、立ち上がって歩き出したかと思うと、木陰を見つけると、その場で横になってしまった。

「ミレディ……?」

違和感を感じ、彼女に駆け寄ると、ミレディは眠ってしまっていた。

静かな寝息と穏やかな寝顔。

「安心したのですね」

横からコーラスがミレディの寝顔を覗《のぞ》き見る。

「あなたが目を覚ます前とはまるで別人のよう……さっきまで鬼気迫ったような顔をしてたんですよ」

「そうなのか……」

俺のことを一番に……考えて旅をしてくれてたんだな……。

イヴァンの屋敷からここまで……彼女は動かない俺に気遣いながら、なんて長い道のりを越えて来たんだろう。

感謝してもしきれない。

彼女は好きでやったことだと言うが、俺はこの恩をどう返そうか考え始めていた。

「あなたは彼女に愛されていますね……でも無茶をしすぎてその愛に彼女自身が殺されてしまわないか、私は今から心配ですよ」

言いながら、コーラスはフォルマッジと戯れ始めた。

そうはさせない、と威勢よく言いたかったが、今回の俺は意識を失ってミレディを心配させるだけだった。そう言ったところで、守れない公約をする政治家のように見られるだけだ。

しばらくミレディの寝顔を眺めていたが、自分の体臭に気付き、湖で体を流すことにした。

一体何日俺は風呂に入らずに眠っていたのか。

今思えば、クシャトリアと二年もダンジョンにいた時なんて体臭は今の比じゃなかったんだろうな。あー、やだやだ。

澄んだ綺麗《きれい》な湖である。

着衣を脱いで湖の水でバシャバシャと洗い、フォルマッジを呼んで、背中に掛けて干させてもらう。

「そう言えばお前も俺を運んでくれたんだよな。ミレディから聞いたぜ。ありがとな」

フォルマッジを撫《な》でると、嬉しそうにいななきながら、髪をハミハミされた。

全裸であるため、すぐに湖に入った。湖では泳いだり、髪や顔を洗ったりしていた。

「もうそんなに動いて良いのですか？」

コーラスが水辺に来ていた。

「うん。なんだか調子が良いんだ。ミレディの魔法のおかげかな」

「彼女は私と契約する前から、魔法の才能があったのですね」

そうか。

ミレディはもうこの娘と契約したんだ……つまり、俺とミレディの仲間になったということだ。

こう見えて、彼女も神級精霊なんだよな。

「ああ。昔から治癒魔法が特にすごくて、そのせいで身を狙われたりしてたんだ」

湖から出ると、コーラスは後ろを向いててくれた。

フォルマッジが、ぶるると鼻を鳴らしながら服を持ってきてくれる。

背中で干していた服は半乾きだったが、着てれば乾くだろうと深く考えずに着ると、少し冷たくなっていた。

幸い、俺とミレディのフード付きのローブは綺麗に乾いていた。

温かいそよ風が濡れた髪をゆっくり乾かしてくれる。

「あなたとミレディは昔から仲が良かったんですか？」

どうやらコーラスは俺やミレディというより、二人の仲に興味があるようだ。愛情深い出来事や心情が好きだとか言ってたし。

「うん。生まれてすぐくらいからの仲だよ。もうあんまり覚えてないけど、小さい頃は同じ屋敷に住んでて……一緒に本読んだり花探したりしたなぁ」

もう十六年……いや、二年間俺は精霊やってて年とってなかったから、もう十八年前か。

この世界に転生してからの記憶も、すでにおぼろげ。前世の記憶なんて薄れたなんてもんじゃない。本当に前世があったのかどうかも、もはや信じられなくなっている。

この世界の住人になりつつあるのだ。

もっとも、この世界に俺の精神や生き甲斐《がい》を結び付けてくれたのは、彼女である。

コーラスは、ミレディのそういった性格が恋人である俺の口から語られることに目がないようだ。

「日が落ちてきましたね。そろそろ里に戻りましょうか」

「里って……エルフの？」

「はい。ミレディを起こしましょう」

コーラスは木陰で休むミレディを見た。

日はかすかにオレンジ色になりつつある。

ここは標高が高いから日没が遅く感じるが、これから山を下るのだ。

暗くなってからの山は怖い。さらに強風や豪雨の道をミレディは通ってきたというじゃないか。

しかし……。

俺もコーラスに倣《なら》ってミレディを見る。

◇◆◇

ミレディが目を覚ました。

たぶん、自分が寝る直前の景色と今の景色を比べ、寝ぼけまなこを白黒させているはずだ。

「アスラ……もういいの……？」

「いいよ。何だか元気なんだよ。寝てていいから」

俺はミレディをおぶって山を下っていた。

幸い、雨風は収まっており、綺麗な夕日が臨めている。

フォルマッジにはコーラスが乗っている。しかし、フォルマッジの背中をコーラスに取られたから俺がミレディをおぶっているわけではない。俺が先にミレディをおぶると申し出たのだ。

「あなたたちの愛は……あぁ、なんと美しいのでしょう……」

俺の申し出に、コーラスは恍惚《こうこつ》としながらそう言っていた。神級ってみんなこんな変な精霊なのだろうか。

「ほんとに？　体しんどくない？」

ミレディは俺の額を触ったり、呼吸を確かめたりした。まるで保護者のようだ。過保護な姉がいたら今のミレディみたいな感じだろう。

「大丈夫だってば。もう子供じゃないんだから」

この世界の成人は確か十八歳。俺がこの世界で生まれてから十八年は経っているのだ。

しかし。

「子供だよ。まだ十六でしょ？」

「いや、それは精霊になってた期間があるから年とってないってだけ……」

「私の方がもう年上なんだよ。年長者の言うこと聞かなきゃだめなんだよ」

ミレディはそう言って俺の背から降り、眉間にやや皺《しわ》を寄せる。

彼女がこう言い出してしまえば、まるで本当に姉貴ができたかのようだ。ミレディってお姉さん気質だったのだろうか。

「いいからまだアスラは休んでて」

ミレディは少しだけ語気を強めて俺を諌《いさ》めると、コーラスにフォルマッジの背を俺に譲るように言う。

「二人とも……互いに愛し愛されているのですね……あぁ、何という美しき愛情の形なのでしょう。例えるならば――」

「――いいから」

「はいはい……どうぞ、アスラ」

コーラスがまた顔を赤らめて謎の語りを始めるが、ミレディにすぐ制止された。

コーラスはおずおずとフォルマッジから降りる。俺もミレディを背中から降ろし、今度は俺がフォルマッジの背中に乗せてもらう。

「悪いな」

「お気になさらず」

しかしコーラスはまだ少しニヤけている。

こうして見ると、ただの人間にしか見えない。俺もコーラスも、神級精霊の力を持っているんだよな……そしてミレディは、その神級二体と多重契約を交わしている。

そんな強さを三者三様に持っていても、こうして馬鹿な取り留めのない話をしている。

何というか……平和で心地が良い。こんな感じは久しぶりだ。

ミレディは完全に頭も体も眠気から覚めたのか、足取りがしっかりしており、ペースも上がっている。

エルフの里に戻る頃には、日の光は背の高い木々に遮られ、里に夜が訪れていた。

里の敷地は縦長で、大木に囲まれており、まるで森の中にいるみたいだ。いや、実際にここのエルフたちは森の中での生活を望んでいるんだろう。

里に入ると、すぐそばに木造の社《やしろ》があった。

ミレディはその社の近くにフォルマッジを待たせて、俺の手を取って社の中へ入る。コーラスはフォルマッジを見ていてくれるという。

俺は目を離すとすぐに迷子になる子供だと認識されているのか？　俺の病気の一件で、ミレディの世話焼きスキルの熟練度がレベルアップしている。

社は外観、内装のどれを見ても木材のみで造られているようで、まるで日本の寺院のような荘厳さがあった。

ミレディに手を掴まれたまま、さらに進むと、その先に大広間があり、その奥には玉座が設けられている。そこには一人のエルフがいた。

「アスラ……様……？」

しかし、大広間に入ってすぐのところで、視界の外から、か細い声に呼び止められる。

なんだろう……この懐かしくも、昔とても好きだったと思える声は……。

その声に脳が強く反応している。ミレディに手を掴まれていることなど忘れて、声の方を体が自然と向いてしまう。

そこには金髪を後ろで結ったエルフの女性がいた。

息が止まりそうだった。

「ヴィカ……？」

全然変わっていない。俺が屋敷を追い出されてから約八年。八年前と全然変わっていないじゃないか……。

「はい……！」

嬉しそうにヴィカの涙ぐんだ目が細められ、目からはみ出した涙が落ちるか落ちないかの時、ヴィカが俺の胸に飛び込んで来た。

「生きていたんですね……今でも信じられません……」

泣いて呼吸が乱れているけど、気持ちを伝えたくて話すものだから、さらに息を切らして泣いている。

昔は俺の方が背は低かったのに……。

今は随分と俺の背が彼女の頭を追い越してしまっていた。

「久しぶりだなぁ、ヴィカ」

「大きくなりましたね。少し前まではこんなに小さかったのに」

ヴィカは俺から体を離すと、胸の位置で昔の俺の背丈を手の平で示す。

「いつの話だよ。もう八年も前だ」

「もう……あれから八年経ったんですね」

遠い目をするヴィカ。しかし、その双眸《そうぼう》は俺をしっかりと見据えて離しはしなかった。

「ヴィカはなんでここに？」

「はい……ゼフツ様が……ああなってから、屋敷が売り払われたので、故郷であるエルフの里に戻ってきたんです。少し前のことなんですけどね」

なぜか嬉しそうに、えへへ、と笑っている。

懐かしくて、俺もついつい笑ってしまった。

「アスラ様はどうやって生き延びたんですか？　二年前に王都の爆発に巻き込まれたと聞いていましたのに……」

しかし、それに答える前に、玉座からお呼びの声があったようだ。

ツイツイ、とミレディが俺の手を引く。

そういえば、今更だが、ヴィカとの話の間、終始ミレディの手は俺の手とつながれていた気がする。

玉座の方を向くと、黒髪のエルフが座っていた。

「族長、全然アスラ様のこと聞けてないです！　待ってください！」

しかし、その黒髪エルフに向かい、金髪エルフのヴィカが食い下がった。

きっとミレディにも聞く時間がなく、族長と呼ばれた黒髪エルフは集まった時に話すと言ってヴィカを散々待たせていたのだろう。

かわいそうなヴィカ。

「落ち着きなさいよ。誰もこれまでの経緯を話さないなんて言っていないでしょう？」

ん？

この黒髪エルフ……。

「で、ですが……」

「今からこの二人と話をするわ。その場にあなたもいればいいでしょ？」

「い、いいんですかっ？」

「ええ」

やっぱり。このソプラノの綺麗《きれい》な声。

聞いたことがあると思ったら。

こいつが族長？　とんでもない冗談だ。

「あんた……もしかして『白ウサギ』……？」

自然と足が族長の方へ向いていた。

そう、俺の変な夢の中だけに現れる白ウサギ。

夢特有の朦朧《もうろう》感がない現実のような夢だ。その夢はしばしば見ることがある。そこに現れる白ウサギは、人の言葉を話し、声がちょうど目の前にいる族長のものと酷似していたのだ。

こんな特徴的な声、この世界に来てからうんざりするくらい聞いてきたものだから、嫌でも覚えてしまっていた。


「だから言ったでしょう？　『白ウサギ』だって」


自信たっぷりな様子でそう言い放つ族長。

しかし、いつ本人が自分は『白ウサギ』だと名乗ったんだ？

そしてあの夢にはどういう意味があるのか？

俺は疑問を解く糸口が急に目の前に広がるものだから、やや困惑し、答えられないでいた。

「あ……」

そしてミレディが何かを思い出したように短く声を出した。

「え、なに？」

ミレディに尋ねると、いつもの無表情だけど、額に一滴の汗が見られた。

「まさかあなた……彼に伝言を伝えていないの？」

族長が動揺する。

「伝言？　なにそれ？」

俺は全く身に覚えがない。

「……だから帰りが遅かったのね」

族長は納得したような言葉とは裏腹に、頭を抱えてみせた。

本当はもっと早くここに戻ると想定していたということか。

「伝言は仕方ないと思うな……険しい道のりだったみたいだし……」

雨と風でヨレヨレになったミレディの服を見れば、大変な道のりだったのは想像に易いし、休んでから帰って来るのも道理である。

「伝言のことはいいの。こうして顔を見られたんだから」

「そうだ。あんたが白ウサギってどういうことだよ」

「あ、アスラ様……ガルダ様にはもう少し……」

族長に尋ねると、ヴィカが隣で慌て出す。

口の利き方に注意するのは、そう言えば昔からヴィカの役目だった。注意されたというのに、懐かしく思えてしまって少し嬉しかった。

「アスラ様は昔から変わっていませんね」

ヴィカも俺に注意してから気が付いたのか、声が途端に柔らかになった。少なくとも、人を諫《いさ》めるような声ではないな。

「今更口調のことなんて彼に期待していないから大丈夫。だからいいのよ、ヴィカ」

「え？　アスラ様にお会いしたことがあるんですか？」

「ええ……二十年近く前から、彼のことは知っているわ。この世界に彼が生まれる前からね……」

『この世界に』だと？

まさかこの場で俺に前世の記憶があることを明かすつもりか？

それがこいつには可能なのだ。

前世のことなど、ほとんど覚えていないけど、これだけは今も鮮明に思い出せる瞬間がある。

前世の俺が死んだ時だ。

あれは高速道路だった……なぜか忘れたが、俺は高速道路を車で走っていた。

車種は確かエヌバン……いや、あれは下取りに出したか。何に買い換えたっけな……。

自分の前世の記憶がほとんど薄れていることに、細部まで思い出そうとして初めて気が付いた。

しかし車種など、どうでもいい。

俺は高速道路で起きた交通事故で死んだ。

その時、どこからともなく、現れた長髪の女が俺に声を掛けたんだ。

ちょうどこの場にいる白ウサギと名乗る族長と同じ綺麗《きれい》なソプラノの声だった。

この特徴的な声は、俺の記憶に強く根付いていた数少ない情報である。

「ど、どういうこと……？」

ミレディ……。

そんなに動揺するミレディの姿は初めて見た。

「ね？　早く帰って来た方が良かったでしょ？　だから伝言を頼んだのに」

本当にミレディに伝えるのか？

俺が異世界人だと……。

「……っ」

俺は思わず会話を遮ろうとした。

しかし、族長の視線に言葉が出なくなった。

伝えるのは構わない。

構わないが、俺の口で伝えたい。そして心の準備がしたかった。

ミレディに拒絶されるかもしれないという心の準備だ。

今、自分を異世界の記憶を持って生まれた人間だと客観的に認識してみると、自然と言葉が浮かんだのだ。

化け物だ。

前世の地球でも、この世界でも変わらない。子供は皆漏れなく記憶はゼロの状態で誕生する。

それなのに、俺は何の因果なのか前世の記憶を持って生まれたのだ。

ミレディからすれば、幼少期にした会話も、これまでの関係も、根底から覆すことができると言っても過言ではない事実である。

それを受け止められる決心は、今の俺にはなかった……。

こいつは、この族長は、初めからわかっていたのだ。俺がこうなると。こういう思考に陥ると。

疑いようなく、この族長は夢に登場する白ウサギと同一人物だ。

そして、前世で俺が死ぬ間際に見た長髪の女でもある。

「私は彼が生まれた瞬間から、彼の深層意識に意識を宿して、彼を導いてきたのよ……彼自身、おそらくそう予想していたんじゃないかしら？」


あれ？

このエルフの族長は、俺が異世界の人間だとは言わなかった。

あくまでこの世界に生まれてからのことしか、言おうとしない……。

「そうなの？　アスラ」

ミレディは尋ねた。

今、彼女の顔を真っ直ぐに見られない。

前世という隠し事が浮き彫りになりそうだったからだ。

しかし、必ず彼女は俺の違和感に気付く。

俺は努めて彼女の目を見て答えた。

「ああ……ただの夢だと思っていたのに……」

これはまごうことない真実。

深層意識に族長が意識を宿していたなんて、誰が思い付こうか。

そもそもその芸当をやってのける能力がどういったものなのかすら見当がつかない。

「夢？」

ミレディは普段通りの無表情に戻っていた。少し、ほっとした。俺という男はまったく情けない。

「夢で間違っていないわ。必要な時に、彼の夢に登場させてもらっては、彼を導くために助言をしていたの」

白ウサギの姿でね、と族長は最後に付け加える。

すると、ミレディもヴィカも、何となくという漠然とした感触に近いだろうが、話を飲み込んだ。

「助言……ですか？」

「そう。助言と言っても、彼は素直に言うことを聞こうとはしなかったんだけど……」

族長は悪戯《いたずら》っぽい目で俺を見た。

「『強くなりなさい』とか言われてたなぁ。導きっていうか、言葉が漠然とし過ぎて逆に混乱したよ」

「でも結果的に強くなったじゃない？　私の導く先は彼が強くなることだけ。逆にそれ以外の人生の選択はちゃんと彼自身のものよ。そもそも、言って聞くような性格じゃなかったわね」

「うるせいやい」

「あら、今のは夢の中のあなたみたいだったわね」

「やっぱりおちょくってるだけだったか」

「でも……さすがにあなたが精霊になって記憶を失った時は焦ったわよ」

「そうなの？」

「ええ。強くはなっているけど、本来の目的が果たせないもの……」

「本来の目的って何の――――」

「――――アスラ様は精霊になったんですかッ!?」

と、ここでヴィカが話に割って入った。

そう言えばまだ説明がまだだったな。

「そうだよ。アスラは……王都を守るために精霊になったんだよ」

ミレディがヴィカに答えた。相変わらず無表情……だけどどこか誇らしげに見えるのはなぜだ。

「王都を守るためって言うより、あなたを守るためでしょう？」

「っ……」

族長の言葉にミレディが無言でうつむく。耳が少し赤い。照れているのだろうか。

ミレディってこういうのに弱いんだ……。

「まあ……ざっくり説明するとだな……」

俺は冒険者ギルドでニコにした説明と同様のものを、ヴィカに話すことにした。

ヴィカもニコに似ているようで、話の中の出来事に一喜一憂しながら聞いてくれた。

こういうところも似ているのか、と思ったが、話が終わる頃にはヴィカは泣きそうになっていた。

恐らく、ニコもヴィカも、俺のことを家族のように思ってくれている。

俺が幼い頃から俺のことを見守ってくれていて、ここからは俺のうぬぼれだが、たぶん我が子のように心配してくれていたんだと思う。

俺が人工精霊になった時には、俺が死んだと思い、本気で涙を流してくれた……彼女らはそんな人たちなのだ。

しかし、話が終わるや否や、ヴィカは俺を叩き始めた。

「もおおおっ！　危ないことばっかりしてこの子は！　昔っから心配ばかり！　何してるんですかアスラ様！　命はもっと大事にしなきゃダメじゃないですかっ！」

ポカポカ叩くヴィカの拳は軽かった。

しかし油断することなかれ。このオナゴの拳、胸や肩を選んで叩いてるのかと思えば、たまに目や鼻にヒットするので、地味に痛い。

「いて！　痛いってヴィカ、いててて！」

俺の身を案じて泣いてくれるところまではニコと同じだったが、叩いてくるのはヴィカらしいというか何というか……。

この世界に生まれた直後から俺の面倒を見ているから、本当に母親のような気持ちなのだろうと思った。

エルフは年老いても、外見にほとんど変化がないと聞くが、ヴィカも例外ではなく、フォンタリウスの屋敷を出た時のままだ。

母親というより、姉に近い印象である。

世話焼きお姉さん的立ち位置のヴィカによるポカポカ……略して姉ポカである。

間もなくして姉ポカから解放されると、俺はようやく本題に入ることができた。

「で……族長さんの言う本来の目的って……？」

姉ポカをくすくすと笑いながら見ていた族長は、話を戻すと、途端に表情を硬くした。

思わずこちらも身構えてしまうじゃないか。

族長は大きく深呼吸をしてから、俺たち三人を見渡す。

ヴィカ、次にミレディ、そして最後に俺を。

一人一人の目を見てから口を開いた。

「これから話すことは、この四人だけの話に留めなさい。いいわね」

妙にキツイ口調だったが、なるほど、深刻な話題が出されるのはよくわかった。

俺たち三人は固唾《かたず》を呑《の》んで頷《うなず》き、続きを待った。

「これから話すのは、私が『魔王』だった時の話よ」

「魔王……」

コーラスが山頂で軽く話していた。

『元魔王のクソ族長』だって。

ヴィカはあまりの衝撃にポカンとしているが、ミレディはコーラスの前置きがあるためか、動じていない。それともいつもの無表情のため、表情に出ていないだけなのか。

「魔王というのは、魔人がある日突然に自分だと自覚するのよ。大気中の魔力が集結して精霊が生まれ自分が精霊だと認識するように、急に自覚するの」

これもコーラスから聞いた話。

突如、魔王の素質に目覚めるのだとか。

そして魔王になったら魔物たちを凶暴化させてしまうのだとも……。

「魔王になった魔人は、その魔人の意志とは関係なく、自分の魔力をもって魔物たちを活性化させてしまうの。そして活性化の力により、もし、魔物が凶暴化すれば、当然、人を襲うわ」

魔王が生まれたり、凶暴化すれば魔物は人間を襲ったりするのは、この世界の自然の摂理なのだろうと、俺は思った。

肉食動物が草食動物を襲うように、草食動物が草を食べるように。

それらと全く同じ、当然の出来事なのだ。地球の社会という組織の中でも、仕事で功績を上げれば当然昇進や昇格する。

世界が違うというだけで、それは至極当然のものなのだ。

「魔王の魔力は膨大よ。神級精霊にも及ぶかもしれないわ。世界中の魔物とは離れていても何らかの意思疎通ができて、魔王の魔力量次第では魔物を自由に操れる。凶暴になるように活性化させることもできれば、温和になるように活性化させることもできる。もしかしたら魔物を人間が飼う日が来るかもしれないわね」

ん？　魔物を人間が飼い慣らすって言っているのか？

魔物の性格が穏やかになるということだろうか。

「魔物を凶暴にするにせよ、抑制するにせよ、魔王次第ってことですか？」

「そういうことになるわね。でも皮肉なことに、これまでの魔王は誰一人として、世界中の魔物を自由自在には操れていないのよ」

「それってどういうこと？　これまでの魔王ってさ、魔物を操って凶暴化させているのが魔王じゃないのかよ？」

コーラスの話と齟齬《そご》がある……。

「そうね……ちょっと遠回りして話すけど、私が魔王だった頃の話から説明するわね」

不吉な話題ではあるが、魔王という言葉と、先代の魔王を自称するエルフの話に場違いではあるが少しワクワクする。

魔王を名乗るイタイ女ではあるが、この世界では真面目な話なのだ。中二っぽいとか思っちゃいけない。

しかしその中二っぽいワードが余計に俺をワクワクさせるのだ。

ワクワクジレンマだな……。

「知っていると思うけど、私はただのエルフではなく、『ハイエルフ』という種族に分類されるわ」

えっ、し、知ってたけど？

ふーん。知ってたよ。うん、どうぞ。続けて？

「ハイエルフはエルフの上位種族になるんだけど、魔人に分類されるの。私も魔王になって初めて知ったことなんだけどね」

一瞬、ヴィカたちエルフも魔王になりうるのかとひやひやした。

やはり族長も何か魔王と自覚するきっかけがあったのだろうか。

族長は続けた。

「私は急に世界中の魔物の位置や数が把握できるようになったの。それからは、魔王の側近と名乗る魔人たちが迎えに来て……魔大陸に渡った……というか、半分連れて行かれたの」

魔王と聞くと、魔人や魔物を支配する字のごとく王様という扱いだと思っていたのだが、実際はどうやら違うらしい。

一口に魔王といっても、彼女の境遇を聞くと、かなり窮屈な地位だったようだ。

「私はエルフの上位種族というだけだったから、魔力は当然足りなくて、魔物を操れなかった。もう三百年も前の話よ」

「は？　じゃあなに。あんた三百歳以上ってこと？」

「口の利き方にしても、女性に対する話題にしても不躾《ぶしつけ》ね……。今は白ウサギじゃないんだから、立場を弁《わきま》えなさい」

「あの……ガルダ様……アスラ様にはそういうのは通用しないので……思ったことをありのままというか……良いとこなんですけど、悪いとこでもあってですね……」

「……良いとこなのに」

族長……ガルダと呼ばれている三百歳を超す超絶老婆のハイエルフは、俺を諭すもヴィカに無意味だと遠まわしに言われた。

そしてミレディがこそっと呟《つぶや》いてくれたフォローを俺は聞き逃しはしなかった。

「とにかくっ！　魔王になったからと言って、誰でも魔物を好きに操れるわけではないのよ……魔王が誕生したことで、魔物の行動は活発になるけど、魔物の性質は元来から『凶暴』。魔物を制御する魔力がなければ、活性化された魔物の凶暴化は免れない。それほど魔物を温和な方向に導くのは難しくて、想像もつかないほど膨大な魔力量が必要なの。歴史がそれを物語っているでしょう？　これまで魔物が人を襲わなかった時代なんてあったかしら？」

しかしなるほど……そう言われると、なかなかどうして納得せざるを得ない。

それはつまり、最近魔物が凶暴化しているのは、魔王が誕生したという裏付けであるということか。

ここでようやくコーラスの話と噛《か》み合う。

そしてガルダ族長の話によれば、現魔王は魔物を制御できていないことになる。これまでより魔物が凶暴化しているのだから、ガルダが魔王だった頃よりも魔力量が少ないと仮定しても良いのかもしれない。

「……」

「ううん……」

ミレディも、ヴィカも、事の深刻さが伝わったようだ。

もちろん俺も同感である。

でなければ、元魔王が俺たちを招くはずもないし、もっと言えば、彼女が俺の深層意識で「強くなれ」と訴えかけていたのは、これに備えてだったのだ。

元魔王で、今はエルフの里の族長をしているハイエルフのガルダという女性……。

壮絶な人生……いや、ハイエルフ生だったのは火を見るよりも明らかだ。

いや、待てよ。

魔王と聞いて自然と人間の敵だと思い、俺は魔王が魔物を使って人を襲うものだと勘違いしていたようだが、違う。

前世の地球上で魔王と聞くと、人間の世界を征服しようと企むも、勇者に倒される存在だと認識する者がほとんどだ。俺も例外ではない。

しかし、少なくとも先代魔王のガルダは、自身の魔力を使って魔物を制御し、人が魔物に襲われることのない平和な世界を作ろうとしていたと言うじゃないか。

この世界の魔王は、前世のお伽話《とぎばなし》や物語でインプットされてきた魔王像とは随分と違うようだ。

魔王の魔力量不足か、それとも意図的なものか、原因はわからないが、魔物たちが暴走している今、ガルダは自分の力を使って、俺をここまで導き、何か行動を起こそうとしている。

「じゃああんたが俺をここまで導いた目的は……」

ガルダは俺の言葉に首肯し、自ら述べた。

「ええ、魔物を、そして魔王を止めてほしいの」

　ヴィカが息を詰まらせた声が聞こえた。

「そんな……！　アスラ様が生きていたって安心したところなのに……っ」

　この場の誰より、ヴィカが最も動揺しているように見えた。

　当の俺には話が漠然としていて、いまいちイメージが浮かばないというのが正直なところだ。

　魔物を止めるのはわかるが、魔王を止めるとは具体的に何をすれば良いのだろう。魔王を倒せば魔物も沈静化するのだろうか。

「今の彼なら充分に可能よ。そのために元魔王の力を使って彼を強くなるよう仕向けてきたもの」

「元魔王の力……？」

　というか、この元魔王、ついに導いてきたと言わずに仕向けてきたと本音を吐きやがった。この世界の人生に他人の意図が介在しているみたいで嫌だから考えないようにしてたのに。

「そう……魔王は、魔王の力に目覚めて、自身を魔王だと自覚するの」

「魔王特有の力があるってことか」

「そういうことになるわね」

「どんな能力なの？　人の夢に自分の意識を登場させること？」

人の夢に入り込み、深層意識の情報を盗んだり刷り込みをする映画を観たことがある。インセプションという映画だ。確か主演はレオナルド・◯カプリオだったはず。

「そんな具体的な能力じゃないわ」

ガルダは、ひと呼吸置いた。

「私の能力は――――『奇跡』――――」

79話　真実

奇跡。

ガルダは自身が手に入れた魔王の能力をそう言った。

「奇跡……？」

およそ魔王には似つかない能力名である。

支配とか、恐怖とか、そういう暴君というか、ジャ◯アンみたいな能力じゃないんだ、と素直に意外だと思った。

「そう……。必要な時にすさまじい力を貸してくれるのよ」

「必要な時……って随分と漠然としてるな」

なにか……能力が発動するトリガーのようなものはないのだろうか。

「この能力は私も使いこなせないのよ。ふとした時に発動するから、発動条件もよくわからなくて……」

「すさまじい力というのは……？」

今度は俺に代わり、ミレディが尋ねる。

しかし、すさまじい力というのは、何となく想像がついた。確かにすさまじい力だと納得できるような能力……。あくまで仮定の話だけど。

俺の仮定は、その『奇跡』とやらの力により、異世界の事象に干渉し、俺を異世界からこの世界に生まれ変わらせたのだと考えている。ガルダはまだそれをこの場のミレディとヴィカに言うつもりはないらしいが……。

しかしその仮定が正しくても、発動条件などがわからないようじゃ、俺を異世界から生まれ変わらせるなんて力が急に働いて、ガルダ本人も唐突なことに驚いただろう。

「その時々によって力が異なるの。でも間違いなく、必要な時よ……」

ガルダの俺の深層意識に入り込み、夢などの無意識状態下で俺の意思に干渉する力は、次の魔王を止める力がどうしても必要だと感じた時に、発現したのだと言う。

それは自分ではどうにもならない時。

誰かに頼らないと何ともならない時。

『奇跡』の力はそういう時に働くのだという。

『奇跡』の内容や規模は自由に選べないが、必ず解決に導く力らしい。

シンプルに考えれば、現魔王を止める力をガルダが得られれば話は早かったのだろうが、『奇跡』の力が選んだのは、俺が強くなるように仕向ける力……。

聞けば聞くほど珍奇な力である。

「ふうん。でも魔王を倒すってもなぁ。えらい労力なんじゃないの？　それに俺にはそもそもそうする利点がない」

ガルダは、俺に現魔王を止めろと言う。

簡単に言うが、魔王を止めるなど簡単な話でない。

そもそも魔王がどこにいるかもわからない。

わかっても遠出になるだろうし、人手だって必要になる。

魔王を見つけ出したとしても、相手は極致魔法を使う強敵だ。

何度も言うが、簡単な話ではない。

「確かに……利点はないわ。でも、世界は平和に向かう。間違いなくね……。それに、私はそのためにあなたをここまで……」

せっかくここまで俺を連れてきたのにってか？　冗談じゃない。俺の意思はどこにあるってんだ。

「なんで俺なのさ？」

「言ったでしょ。『奇跡』が選んだのがあなたなのよ」

「俺の意思は？」

「あなたならやり遂げられるわ。私の能力が選んだんだもの」

俺の意思は後回しですか。

ミレディは普段通りの無表情だ。

困惑するヴィカや、不満を垂れる俺とは違い、ぶれない冷静沈着な姿がそこにある。

ミレディなら、きっと俺が行くと言えばついて来てくれるだろうし、俺が行かないと言えばその意思を尊重してくれるだろうさ。

でもそれじゃあダメだ。

ミレディの身に危険がない道を俺が選ばなきゃいけない。

「ガルダ……さんだっけ？　悪いけど、俺には無理だよ……ミレディを危険な目に遭わせたばかりだし……少なくともしばらくは静かに過ごしたいんだ」

自分の言葉は、詰まりながらもちゃんと声になった。

俺に賭《か》けて、ここまで導き、力を付ける方向に誘ってくれたことには感謝している。そのおかげでミレディを守ることができた場面はいくつもあった。

しかし、魔王を止めるとなると、これまで以上に過酷な道のりになる。果てしなく長い旅路になる。

わざわざミレディに危険が降りかかる環境に飛び込むだなんて……今の俺にはとても決断できなかった。

「そう……」

ガルダは残念そうにうつむくが、それ以上は食い下がらなかった。

ヴィカは、ほっとしたように胸に手を当て、安堵《あんど》のため息をつく。

「当分の間は、あなたたちの生活が落ち着くまで、この里にいていいわ。ヴィカ、お世話をしてあげなさい」

ガルダはそう言って、空きのある部屋を貸してくれた。ガルダは、必死に訴えたり、大声で引き留めたり、俺を止めようとは、その後もしなかった。

ヴィカが案内してくれた部屋は、ガルダのいる社を出てすぐのところだった。

道すがら、社の外で待っていたコーラスとフォルマッジと合流して、部屋に向かう。

「私は社のお部屋を借りて暮らしているので、ご用の時は社まで」

「ありがとう」

「はい……」

いの一番に、コーラスが部屋の奥へと入る。

ヴィカはしかし、案内が終わった後もその場に留まった。

「アスラ様……」

「うん？」

「本当に……生きていてくれて、ありがとうございます」

ヴィカは頬《ほお》を赤らめて、目を潤ませながら笑う。そして、抱きしめられた。

俺が生きていることに、安心したのだろう。フォンタリウスの屋敷を俺が追い出される時に見送ってから、次に耳に入る俺に関する情報が死んだという知らせなのは、あんまりだ。

コーラスが、愛ですね、と顔を恍惚《こうこつ》とさせる。

「うん……しばらく、また世話になるよ」

ヴィカの抱擁《ほうよう》が済んでから、ヴィカの顔をもう一度見て短く話した。

「お任せください。アスラ様のお世話は初めてではありませんからね」

ヴィカは俺と目が合うと、ニッと笑う。そして自らの胸にドンと手を当て、今度こそ、軽い会釈とともに俺たちの部屋を去った。

俺とミレディにあてがわれた部屋は、小屋のような大きさの木造の家だった。部屋にはベッドと簡易なトイレがある。部屋の中央には薪を燃やした痕だろうか……灰が積もったところがあり、囲炉裏《いろり》に似ている。全体的に質素な作りだ。

「ミレディ、改めてありがとう。助かったよ」

ヴィカを見送ってから、ミレディと向き合うと、ミレディはフード付きのマントを脱ぐところだった。

「いいんだって。元気になったみたいでよかったよ」

相変わらずの聖女ぶり。

コーラスの言葉を借りると、慈悲深いとはこのこと。ただし、彼女はもうすでに俺だけの聖女である。そう思うと高笑いしてしまいそうだ。

「アスラ、ミレディ。クソ族長との話は何だったのですか？」

クソ族長……ガルダのことだ。

昔に魔王になったガルダのことを本当に嫌っているんだな……。

「俺に魔王を倒せってさ」

「アスラとミレディは何と？」

「俺たちには無理だって伝えたよ」

「そうなのですか？　よいではないですか、魔王などというこの世のゴミ虫は駆除するに限ります」

「ミレディは危険を冒して俺を助けてくれたばかりだよ。なるべく、ミレディの負担になるような道は選びたくない」

「それはそれは……素晴らしい愛ですね」

口は悪いが、コーラスも打倒魔王派のようだ。

「私はいいよ？　アスラがいるなら……」

ミレディは俺が行くなら一緒に行くと、案の定申し出た。

これでは俺たちお互いに対する思いやりの姿勢に、コーラスが喜ぶだけである。やはり俺の気は変わらない。ミレディには、危ない橋は渡ってほしくない。

「うん……」

しかし魔王を放っておいて、凶暴化した魔物のテリトリーが広がれば、いずれはミレディに牙を剥《む》く日が来るかもしれない。そういう意味では、魔王を討つことは、ミレディとの安全な将来の呼び水となり得る。

とは言うものの、現段階で俺とミレディ、それにコーラスを加えた三人がいれば、どんな魔物が来ようと恐るるに足らず……だと思う。ならば多少の危険を冒してでも、早いうちに魔王を止める方が……いや、魔物と魔王ではワケが違う。

先のあるかもわからないリスクに怯《おび》えて、考えが行ったり来たりしているのは重々承知だけど、それでも、ミレディの安全のためには状況を見極めることが最低限、今は必要に思えた。

「……考えておくよ。とりあえず今は休もう」

あまり前向きな意見は出せない。

意識が戻ったばかりで弱気になっているのか。

「しかし休むといっても居心地の悪い里ですね。私が精霊だとわからないのでしょうか。人間に対する敵意が剥き出しです」

エルフの里の者たちは、人間社会で爪弾《つまはじ》きにされてきた者、またはその話を聞いて育った者がほとんどだ。

人間との確執《かくしつ》は間違いなくこの里に存在する。

コーラスは神級精霊といえど、見た目は人間の少女……その見た目のせいで、彼女も俺やミレディと同様、煙たがられているようだ。

「私は気にならない」

さすがは我らがミレディ。

魔法学園で男の好意の視線をほしいままに集めては箒《ほうき》で掃くように捨ててきた生粋のモテ女資質。ちょっとやそっとの視線は気にも留めないようで。

「あのクソ族長も気が利きませんね……」

コーラスの口の汚さに関しては、まだ見た目とのギャップに慣れそうにない。

「すっごい嫌ってるけど、ガル……ここの族長となんかあったの？」

コーラスはガルダさんの名前を聞くと、ものすごく不快そうな顔をする。名前は伏せておくか。

「昔の話ですよ？　三百年……もっと前かな」

三百年……。

種族が違うとこうも話のスケールが大きくなるのか。軽く百年単位で話をしてくるではないか。

遠い昔を思い出そうと、コーラスは顎《あご》に指をつけて宙を眺めた。

「昔、ここは何もない土地でした。岩肌も剥《む》き出しで、草木や水もない。この山だって火山だったんですよ?」

頂上がカルデラになっていたため、火山だったのは予想していたが、枯れた土地だった過去は今からでは思いもしなかった。

コーラスは続ける。

「そんな土地ですが、人間に迫害されたエルフたちがこの地に逃げ延びて来たのです。その中に、アイツがいました」

頑なに名前を呼ぼうとしないコーラス。そんなに嫌いなのね……。

「ですが、運命とはわからないもので、エルフたちが住み着いた直後、火山が噴火し、天高く舞い上がった噴煙は雨雲となり、この地に雨をもたらしたのです」

「噴煙が雨雲に……?」

「変な話でしょう?　でも事実なんです」

まるで神話を聞かされているみたいだ。

人間のちっぽけな頭では到底理解できないことだろう?　とでも言われているかのようじゃないか。

「火山はその噴火で力を使い果たし、山頂を自ら埋めました。雨は山頂に湖を、山道に川を、土地に草木を恵み、生き物が住まうようになりました」

コーラスの語るこの地の様相は、おおよそ今の風景と変わりがなくなった。

「この土地の持つ魔力は、枯れた大地すらも豊かにする強力なものだったのです。その魔力から生まれたのが、私でした」

「おおおー」

俺は拍手した。

一拍置いて、ミレディも俺を真似て拍手をする。

「コーラス」という名前は周囲が勝手にそう呼び始めて定着したのだとか。精霊の名前はだいたいそう決まるらしい。俺のかつての「ロップイヤー」という名前も確かそう決まった。

「私は癒しと愛を司る精霊……この土地に住む者たちの暮らしを豊かにするべく、水を浄化し、木々を元気に、土地に合う天候にしました。人々からは感謝を受け、私も幸せでした」

「でした」か。随分と尻すぼみな過去形だった。

「一方で、土地を食い物にしようと来る魔物は後を絶ちませんでしたが、人々と私は協力して撃退してきたのです……なのに……」

コーラスの「なのに」に続く言葉は容易に想像がついた。

なのに、魔王になって魔大陸に行ってしまった。

そういうことだ。

しかし話次第では、コーラスはただ単にガルダが遠くに行って寂しかったから怒っているというふうに聞こえやしないか？

「もしかしてコーラス、寂しかったから――――」

「――――んなわけないでしょう」

「すみません……」

食い気味にばっさりと切り捨てられた。

これは根本的な問題で、あいつのこと生理的に無理、とかそういうレベルの嫌悪である。

日本の会社でもよくある話だ。これまで人間関係良かったのに、人事異動で来たやつと全然馬が合わないし仲良くできない。日本なら上司に異動希望を申し出るまでだが、この世界ではそうもいかない。

そもそも、お互い大人なんだからみんなの前ではせめて問題のない程度に上辺だけ仲良いフリしておこうなどという処世術もこの世界にはないのだ。

溝は深まるばかり。お互いを無理に引き合わせないのが吉とわかっているのか、コーラスはさっき社に入って来ようとはしなかった。フォルマッジと外で待っていたのである。

こりゃ相当だな。

といてよ。
あー、やだやだ。仲悪い者同士の顔色窺《うかが》いながら気遣うの。そういうのは前世だけにし
「この地から魔王を出してしまったことが許せないのです。太古より魔王と精霊は不倶戴《ふぐたい》
天《てん》の敵同士。この世の対極に位置する存在です。神級精霊としてこの地にいる限り、エル
フ一人、草一本、この地から魔大陸に渡したくないのです」
切実な訴え……というか精霊の事情である。
ぶっちゃけ仲違いしているのは俺やミレディが関与する余地がない精霊と元魔王たち。
俺に言わせれば二人はトムとジェ◯ーだ。仲良く喧嘩しな、と歌われているように、傍
観者からは最終的に好きなだけ喧嘩してなよ、という諦観《ていかん》しか生まれない。
やれやれ。
与えられた小屋も狭ければ、この里での肩身も狭い。
こちとら死の瀬戸際を行ったり来たりする病の魔の手から逃れて生還したばかりだとい
うのに。
ミレディも大変だったに違いない。
一難去ってまた一難。ぶっちゃけありえない。
「……？」
と、そこでコーラスが突如、小屋の外に飛び出た。

「……雲行きが怪しいですね」

空を見上げながらそう言う。

どれどれ、と俺も小屋を出て空を見るも、透き通るような晴天ではないか。

ミレディが頂上に向かう頃は山に雲がかかっていたのかもしれないが、今は雲一つない。どうしたというのだろう、未だコーラスは空を見上げている。

「ここの族長とのこと？」

ひょこ、とミレディも小屋の外に出てくる。

「いいえ、ミレディ。それよりもっと悪いかもしれません。山の水たちが……震えています」

「？」

俺はミレディと顔を見合わせ、お互いの表情に疑問符を確認する。

が、しばらくすると、俺たちにも異変がわかった。


どどどどど……。


どこか遠いところ……いや、近いのかも。さほど遠くない場所の地響きが聞こえる。

里のエルフにも聞こえているのか、にわかに里が騒がしくなり始めた。

次に振動。地面が微弱に震えているのが足裏に伝わってくる。振動は継続して、止む気配をみせない。

「なんだ……これ……」

初めは土砂崩れを疑ったが、あまりにも音や振動が長過ぎる。それに土臭さも感じなかった。土砂崩れじゃないとすれば……何だ？

コーラスの言う通り、雲行きが怪しい。嫌な予感がした。

すると、里の入り口の方から数人のエルフが社の方へ走って行くのが見えた。

「魔物の群れだ！　早く族長に知らせろ！」

「数十そこらの話じゃない！　何百匹もいる！」

「この山のすぐ近くを通り過ぎてるぞ！」

「この里には見向きもしないでツァイオンのある方角に向かって行きやがった！」

ツァイオン……ってミレディがここまで来る道中の経由地だったはず……さっきそう言っていたよな。

「ツァイオン……」

ミレディはそう復唱した直後、唐突に深刻そうな表情になり、小屋を飛び出して行ってしまう。

「えっ⁉　お、おい、ミレディ！」

俺は思わず彼女の後を追った。

小屋の外をうろうろしているフォルマッジを見つけると、ミレディはそれに飛び乗る。

俺は急いでフォルマッジの手綱を掴み、ミレディを止めた。

「どうしたんだよ、ミレディ！　何の説明もなしに！」

「ツァイオンには助けてくれた人たちがいるの……助けないと……」

俺にも余裕がなく、少し強い口調になってしまったが、ミレディは臆することなく言い返してきた。それほど彼女にも余裕がないということだ。俺が冷静でいないと……。

「泊めてくれた人たちか……」

「うん……アスラは今は里で体を大事にしてて。私は今からツァイオンに向かうから。あの家族だけでも助けないと……」

彼女の様子から察するに、相当世話になったようだ。もはや居ても立ってもいられないという様子だ。

しかし、ミレディが世話になったということは、意識のない俺はもっともっと世話になっていたに違いない。

それに愛する恋人を一人で死地に行かせるわけにはいかなかった。

惚れた女を守れないで、何が男か。剣を振るえても、魔法が強くても、大切な人を守れないようでは、強くなったとは言えない。そう肝《きも》に銘じたばかりじゃないか。

「何言ってんだよ、俺も行くよ」

「でも……」

ミレディの目は迷いを見せる。俺の体を慮《おもんぱか》ってのことか。

「俺の体を思って言ってくれてるんだろ？　もうミレディは俺の一部だよ。俺も行く」

「う、うん……！」

本当は心細かったのか、ミレディはほんの一瞬だけ、安堵《あんど》をみせる。

俺の病を治すためのミレディの旅でわかったが、彼女は多少のことなら無茶を承知で動くことがある。これほど焦るミレディは珍しい。今のミレディを一人にはしたくなかった。

「どうしましたか……？」

と、そこにコーラスが追いついて来た。

「魔物がツァイオンに向かってる！　止めないと！」

「え……？」

俺の急な話に、コーラスがぽかんとする。

「世話になった人たちがいるんだ……」

と、ここまで言うと、コーラスは納得したように優しい表情をみせた。

「なんと慈悲深い……私もお手伝いしますよ」

そういや、コーラスはそういうやつだったな。

「俺が精霊になった方が速い。コーラスは後から来てくれ」

「うん……！」

「承知しました」

精霊化は久しぶりだ。

青白く光る粒子が俺を包むと、俺自身も粒子となり、ミレディを包み込む。

俺は自分がウサギの耳付きの額当てになっていることに気が付く。

「アタリだ……！」

ミレディとの合体、ワーストユニオンと呼ばれる能力は、強力な力をミレディに付与できる代わりに、能力のアタリとハズレがあるのだ。ここで大ハズレを引くと正直キツかったが、少し安心する。

「これは……アスラの霊基《れいき》武器ですか？　なんと……すさまじい魔力量なのでしょう……」

そうだろそうだろ。コーラスは俺たちのワーストユニオン……彼女は霊基武器と呼んだが、これを見るのは初めて。しかしコーラスの度肝を抜くのはそれだけではない。

ワーストユニオンが完了すると、俺の本体である額当てとは別に、胴当てや小手、脚部に防具が装備される。

さらに背部には鎖《くさり》を発射する射出ユニット。さらに俺の霊基である青白く光る鎖鎌が彼

女の手に握られる。どちらかというと霊基《れいき》武器という表現では鎖鎌《くさりがま》がそうだ。鎧《よろい》自体の方は俺の本体とも言える。

「鎖鎌……ですか」

そう言えば、コーラスも神級精霊。神級精霊は霊基という神級精霊にしか扱えない物質で武器などの装備を創造することができる。

コーラスの霊基を借りてもよかったが、段取りする時間が惜しい。

俺は先を急ぐことを優先した。

「コーラス、先に行くね」

「はい、ミレディ。お気をつけて」

短いやり取りも早々に終わり、ミレディはいきなりトップスピードでエルフの里を駆け出た。

「……っ」

いきなりトップスピードだもんなぁ。

このワーストユニオンの間は、ミレディは俺を装着しているだけで魔力を消費している。ミレディの魔力量が続く限りは、ワーストユニオンを継続していられるのだ。しかし、このワーストユニオンの消費魔力量はすさまじい。持って数分。

早いところツァイオンに到着しないと、ミレディが疲弊するだけだ。

だけど、俺には精霊化する以前に契約していた人工精霊のクシャトリアから受け継いだ魔力提供の力がある。

俺は自分の体が壊れ、病に陥るほどの魔力量をこの身に宿しているらしいが、そのおかげで、こうしてミレディに魔力提供をしてサポートできる。

しかし、ミレディはさらに、身体強化や血中の鉄分を操作することで得られる血流促進をも使用。

俺の想像以上に、ミレディは焦っているのかもしれない。

「飛ぶよ……っ」

山道の木々が視界の邪魔だったのか、高く飛び上がるミレディ。はるか前方に魔物の群れが、まるで白いキャンバスにできた黒い模様のように、大地を覆っている。

風を切り、山の麓《ふもと》まで一気に飛び越えた。

着地の衝撃たるや、すさまじく、岩肌をえぐるほどである。

しかし身体強化の効力を上げるために惜しげもなく魔力を使っているため、ミレディや俺に何ら影響はなかった。

が、俺の魔力提供が追いつかない……！

「アスラ……ッ、無理はしないでね……っ、ただでさえ病み上がりなんだから……っ」

ミレディが俺を気遣う。しかしその言葉の節々からは焦りが感じられた。

「上等だよ……ッ、魔力は使えるだけ使っていい……！」

「ごめんね……っ」

ミレディが困っている。俺の魔力でどうにかできるなら、安いものだった。彼女は呟《つぶや》くように「マナ」と不安を滲ませた声を漏らす。

マナ……？

きっと俺が眠っている間、世話になった家族の一人だろう。

ミレディがここまで俺以外の人のことを……。

珍しいこともあるもんだ。ミレディに気に入られるとは、どんなやつなんだろう。

俺もミレディに感化されたのか、後先考えず、魔力を使うことにした。最優先はマナという恩人たち家族の安全。魔物たちはその後だ。

「アスラの……魔力……っ！」

あまりの魔力の出力に、磁力操作が急激に強化され、ミレディの血流が加速され、心拍数が上がり、瞳孔《どうこう》が開くのがわかった。

困惑しつつも、俺の膨大な魔力提供をミレディは全て速度に充てる。俺自身、精霊化してからというもの、自分の魔力の底を見たことがない。

病み上がりだが、どこまで通用するか試してやる……！

トップスピードで駆けていたはずが、さらに速度を上げる。ミレディの一歩一歩が、超長距離の跳躍……ついに魔物の群れに追いつく、が、ミレディはそれらに見向きもせずに追い越した。

ズンッッ！

ミレディの跳躍の衝撃に、何匹か魔物が巻き込まれる。

その跳躍を最後に、ミレディはツァイオンという街に到着した。

ツァイオンは街の中央に超巨大な大木がそびえ立っており、それを囲むように街が形成されている。

巨大な昆虫に乗って、街を離れる者が何人も見えた。

街を見渡すと、すでに魔物が何匹か侵入し、人々を襲っているではないか。

「ミレディ……！」

「う、うん……」

呼びかけると、ミレディは弾かれたように駆け出し、霊基《れいき》の鎖鎌《くさりがま》で魔物たちを倒した。

視界に入る魔物を倒しつつ、最優先目標である家族の家へ向かう。

火を使う魔物がいたのだろうか、街には所々に火が放たれていた。

「無事でいてくれよ……」

顔も声も知らない家族だが、ミレディの心境を鑑みると、声に出さずにはいられなかった。

ミレディはある家を見つけると、その家を目がけて駆け込んだ。家にはすでに火が回っている。ミレディの焦りが頂点に達するのが感じられた。

バン！

ミレディは玄関をぶち破り、中に押し入る。

「……っ！」

するとそこには、ゴブリンが家族三人を襲っているではないか。

ゴブリンの持つ斧《おの》には血が付いている。

「この野郎……やりやがったな……！」

俺はミレディの背中の射出ユニットから鎖《くさり》を発射し、ゴブリンを窓から外に吹っ飛ばした。家の中には、大人の男女、一人の少女がいる。おそらく彼らが例の家族だ。

「リンナさん……っ」

しかし、おそらく少女の母親だろう。肩にひどい切創を負っていた。ゴブリンの斧についた血は、彼女のものだ。

ミレディが彼女の名前を呼んで駆け寄る。

俺はワーストユニオンを解除し、距離を置いた。

「ギンさん……」

「動かないでください。すぐに治癒魔法を……」

ミレディはリンナという女性の肩に治癒魔法を施す。傷口は塞がりつつあるが、傷が深いのか、出血が止まらないようだ。

「ギンさん。来てくれたのか……」

「ギンさん、お母さん治る……？」

リンナという女性に付き添う男……きっと旦那さんだ。それに女の子も心配そうにミレディの治癒魔法を見守る。

ていうかさっきからギンさんギンさんって誰のこと？　偽名にしてはイメージが悪い。ミレディはよろず屋でも始めたのだろうか。そんな偽名を名乗ったら天パで死んだ魚のような目をした糖尿病のおっさんと間違えられかねない。

「彼が……クロさんか。治ったんだね」

リンナの夫が俺を向く。

「クロ……さん？」

もしかしなくても頭髪の色が偽名の由来か？

「そう名乗っているの」

「なるほどね」

やはり偽名だ。

「初めまして。随分と世話になったみたいで……って自己紹介でもしたいけどそんな暇はない。先に魔物を片付けないと」

ミレディはリンナという女性の治癒魔法にかかりっきりで動けそうにない。最初からわかってはいたが、やはり俺が動くしかないのだ。

「そ、そんなに魔物が？」

リンナの夫がうろたえる。体格を見るに……戦いの経験はなさそう……。

彼の反応からして、都民全員が魔物の群れがこの街に向かっていると認識しているわけではないのだ。

「ああ。大所帯で来てるよ。やつらは俺がもてなしてくるから、ここを離れないで」

リンナの夫は、娘の前ではやはり気丈に振る舞いたいのか、口を強く結んで首肯した。

「よし……。治癒魔法はミレディに任せる。ここにくる魔物を蹴散《けち》らせるだけ蹴散らしてくるよ」

「うん……でも無理しないで……」

ミレディは、一人で何でも背負ってしまうのだ。

この家族の安否も、きっと俺の身の心配も……。

「大丈夫だよ」

とは言いつつも、ここに来るまでに見た魔物の群れ……あの数を相手にできるだろうか。どうも最近調子が悪かったからか、弱気だ。後ろ向きな考えが多い。

と、ため息が出そうな時だった。

前からから軽い衝撃を感じる。

「クロさん強いんでしょ？　ギンお姉ちゃんが言ってたよ。大きな魔物もすぐにやっつけちゃうって……」

この子がマナか……。

ミレディが気にかけていた女の子である。俺の腹に抱きついていた。

出そうになっていたため息は、飲み込むことにした。

これまでちょっとやそっとの困難、軽く乗り越えられたはずだ。俺は二年もダンジョンにいたことがあるんだぜ？　数百の魔物の相手など……いや、考えれば考えるほど、お茶の子さいさいとは言えない数だよなぁ……どうする？

都民逃がす方を優先するか？

いやいや、このマナって子の目を見てみろアスラ。

この子は、俺が惚れた女の恩人だぞ。

無下にしてはならない。俺の無骨で硬派な武辺者の魂が、そう叫んでいる。

俺は、その魂の訴えに逆らっては生きていけないのだと、心の奥底で感じた。

◇◆◇

〈ミレディ〉

「あの人はいったい……」

リンナが、少しだけ持ち直し始めた。出血が止まりつつある。

「ギンさんの鎧《よろい》だったのに、クロさんになった……幻覚でも見ているんでしょうか……」

リンナはアスラの精霊化を、失血が原因の幻覚だと思っているようだ。

「彼は精霊になれるんです」

「せ、精霊って……あの精霊ですか？」

「はい。私も初めは信じられませんでしたが、神級精霊の力を使えるんです」

「神級……」

リンナは話の規模があまりにも大きく、人間の物差しでは計り知れない存在のものと悟り、途方に暮れるような顔をした。

「ね、魔物の大群を倒すのが朝飯前に感じるでしょう？」

「あの話……マナへの冗談じゃなかったんですね」

リンナが感心するようなため息と視線の先には、マナに抱きつかれたアスラがいた。

マナにはアスラは……クロさんは強いと言ったばかりである。

アスラは迷いつつも、マナを元気付けるために一役買ってくれたようだ。

「君がマナか」

「うん……」

「俺さ、病気の時、すごくしんどくて苦しかったんだ。でもマナたちのおかげでこうして元気になれたんだ」

「うん……」

「だから恩人のために精一杯戦いたいけど、不安なんだ……」

「ええ！　どうして？　魔物そんなに強いの？　クロさんは強いってギンさん言ってたのに！」

不安がるマナに、アスラはいつものケロっとした表情で軽薄に笑った。

「だってあんなに少ない魔物倒しても準備運動にもならないいんじゃないかって俺は不安で不安で……」

「わああ！　すっっっごく強いんだね！」

「だからマナはここでお母さんを守ってやるんだ。あと、ギンさんの言うことは絶対聞くこと。約束な」

「うん、うん……」

「マナのお母さんの傷が治る頃には、魔物はいなくなってるよ」

そう言ってマナの頭を撫《な》でると、アスラは疾風のように家を飛び出して行った。

すると直後に。

バリバリバリバリッッッ！

激しい閃光《せんこう》と轟音が視界を白く塗りつぶし、鼓膜を揺らす。

「わあ！　雷だ！」

マナが耳を両手で塞ぎ、オーウェンのお腹に顔を埋める。

バリバリッッッ！

そして何度も稲妻が地面を焦がし、落雷のたびに物が炭化する臭いがした。

稲妻は同じ場所には落ちないという常識を蹴飛《けと》ばすかのように、恩人を襲われた怒りを吐き捨てるかのように、神級に相応《ふさわ》しい圧倒的な力が、魔物たちをねじ伏せ始めたのだ。

「クロさんっていったい……」

雷の轟音に耳を塞ぐマナを抱きしめながら、オーウェンが家の外の光景に目を疑う。

「本当に、アスラ＝トワイライトに負けないくらい強いんですよ、彼……」

「マナに言ってたあれ……まさか本当だったのかい？」

「はい」

「オーガを倒すのが朝飯前っていうのも？」

「はい」

「じ、じゃあっ、ワイバーンの話も？」

「はい、五秒もあれば彼なら充分です」

私はリンナの治癒魔法を続けながら答える。

オーウェンの表情こそまさに、戦慄《せんりつ》を禁じ得ないと言うに相応しいそれだった。

この家族三人には、何とか安心してほしかった。

彼はマナを抱きしめたまま、床に座り込んでしまう。

「僕たちはなんという人を助けたんだろう……そう言えば、最近『アスラ＝トワイライトの亡霊』って噂が広まってるよ。彼がその噂の人なのかな」

「私には何とも……」

「仕事で他の街を回ってた時さ。丸坊主にされて服を剥《は》がされた山賊たちが自首して、騎士隊に保護されたんだ。山賊たちは口々に言って怯《おび》えていたよ。亡霊が出たってね……」

もしかしなくても、イヴァンの屋敷に向かう途中、私たちを襲った山賊たちに違いない。

アスラが容赦なく粛清《しゅくせい》したのだ。

「ギンさんの治癒魔法だってそうさ。まるで聖女様と王都の英雄が助けにきてくれたみたいじゃないか」

オーウェンは感じたままのことを言っただけだろうが、なかなかどうして鋭かった。

私はその感嘆の言葉に声を返すことはなく、リンナの治癒魔法に専念した。

くる。

「な、なんて速さ……」

◇◆◇

〈コーラス〉

二人が……いや、アスラが人間から精霊になってミレディを包み込んだかと思えば、ものすごい速度でエルフの里を飛び出した。

森の木々を切り裂く疾風のように山を駆け下り、地面をねじ伏せる轟音だけが聞こえてくる。

まさか本当に人間の精霊化などという馬鹿げたことがあり得るなんて……。

短い時間ではあるが、ミレディを見ていると誠実な人間性が伝わってくる。

嘘をつくような人間ではない。

しかし、アスラの精霊化は半信半疑だった。

それほど、精霊の世界では非常識な力……。

無属性の精霊はこの世界にはいない。

この世界において、彼が……アスラだけが無属性の精霊。

身震いした。

こうしちゃいられません。彼の力を見なくては……。

私は二人がフォルマッジと呼んでいた馬に……いえ、フォルマッジが、というわけではありませんが、馬の足では遅すぎます。彼らの力がこの目で見られる何か……。

私は、エルフの里の社に向かった。

あのクソボケナスのクサレ族長に頭を下げるのは癪《しゃく》ですが二人に追い付くには……。

「あ」

社に入ったところに、アスラの世話をすると言っていた金髪のエルフがいた。社の雑務をしている途中だろうか、水の入った壺《つぼ》を運んでいる。

いるじゃないですか、いるじゃないですか、使える人材が。

「そこのエルフの娘」

「え……あ、アスラ様と一緒にいた精霊様……？　ちょうどアスラ様たちの様子を窺《うかが》いに行こうと思っていたのです。里のすぐ近くを魔物の群れが通過していたので」

「そのことで来たのです。二人が魔物の群れを止めに向かいました」

「はあ!?」

……か、仮にも神級精霊の私にそのような言葉……は、まあいいでしょう……。

エルフの娘は驚愕のあまり、壺を床に落として割ってしまう。

しかし、そんなことはただの些事《さじ》だとでもいうかのように、壺の破片を踏み割りながら私に詰め寄って来るではありませんか。

「なんでアスラ様はいつもいつも無茶ばっかりして……なんで止めなかったんですかっ!?」

「あの二人は止める暇もなく飛び出していきましたよ」

「ああ……、もうっ」

エルフの娘は苛立《いらだ》たし気に壺《つぼ》の破片をさらに踏んだ。

「私も加勢に向かいます。黄色テントウはこの森にいますか?」

エルフの娘に尋ねると、その娘は眉間《みけん》に皺《しわ》を寄せて答える。

「黄色テントウでは遅すぎます。里の前に『白色テントウ』の止まり木があります。ついて来てください」

白色テントウ……運搬用で力強く飛ぶ黄色テントウとは違い、あまり重い物は運べないが飛ぶのが速い昆虫だ。里を出てすぐの大木に白色テントウが止まっていた。

エルフの娘が樹液の入っている瓶を取り出し、栓を抜くと、一匹の白色テントウが大木から降りて来る。

黄色テントウより一回り小さいが、昆虫と考えれば充分巨大。

白い巨大なてんとう虫。

エルフの娘が白色テントウに鞍《くら》を取り付け始める。なぜか二つも。

「もしかしてあなたも行くんですか?」

「はい……もう私はアスラ様のメイドでも何でもありませんので、好きにさせていただきます」

どうも先ほどからアスラの身を案じる言動が目立つ。昔からの知り合い……などでしょうか。

エルフの娘が二つの鞍を白色テントウに取り付けたところで、先に鞍にまたがった。

ここに残れと言っても無駄だとわかるくらい、潔い目をしている。

「急いでくださいね」

アスラの知り合いならば、ここで止めるのが正解なのだろうが、時間がない。言っても聞かないならばなおのことである。私は諦《あきら》めて、エルフの娘の後ろにまたがった。

「掴まっていてください」

エルフの娘は、そう言うと樹液入れの瓶を白色テントウの前に設置すると、白色テントウは勢い良く羽を広げる。高速で羽ばたき始めた。

ブブブブブブ！

激しい重低音の振動が、肌にも伝わる。

エルフの娘が手綱を引くと、その場で急上昇した。

「わわっ」

予想外の動作だったのか、エルフの娘の姿勢は傾き、私が片手で支えた。

「大丈夫ですか。白色テントウに乗ったことは?」

「い、一、二回ほど……普段は族長に禁止されているので……」

禁止されているとのこと……。

「……色々と、大丈夫ですか?」

クソ族長の話は聞く必要はないが、このエルフの娘の今後の進退に関わらないだろうか。

「だ、大丈夫です、大丈夫……」

まるで自分に言い聞かせるように反芻《はんすう》する。

エルフの娘がもう一度、手綱を操作すると、白色テントウは前進し始めた。

速度が徐々に上がり、風の抵抗が強くなる。

間もなく山麓都市ツァイオンが見えてくると、その手前に黒く焦げたような模様が地面に確認できた。……あれですね、魔物の群れは。

「?」

が、その黒い模様の中心を青白い糸で一直線に縫うかのごとく、青白い光が魔物の群れを貫いた。

「あれは……」

おそらくミレディとアスラ……。

白色テントウで追いかけているというのに、追いつくどころか引き離されているではないか。

なんという突破力と速度なのだろう。

「何だろう……あれ」

「おそらくミレディとアスラでしょう」

「ええっ？　そんな……だって白色テントウで追いかけているんですよ？　追い越してしまったんじゃないかと……」

「あの二人……特にアスラの魔力量は異常です。アスラには精霊の力もある……あり得る話じゃないかと」

「アスラ様が……？　この八年で何が……」

自身の体が耐えられなくなるほどの魔力量。それに付け加え、精霊化という未知の能力と、無属性という世界に唯一の精霊の属性。

まだ会って間もない。わからないことが多すぎるのだ。

彼はいったい……。

ミレディたちは先にツァイオンの中に入ったようで、先ほどの魔物の群れを横切ってからは、どうも姿が見えない。

助けたい家族がいると言っていたから、そちらを優先したのでしょうか……なんと真心のこもった優しさなのでしょう。

ああ、早くあの二人に追いついて。

エルフの娘の視線を追うと、ツァイオンからはいくつか黒煙が昇っているのが見える。

魔物どもが火を放ったのだ。

「ひどい……」

許せない……。

私さえ一緒に行っていれば鎮火などたやすいのに。

ある程度ツァイオンに近づくと、私は魔力を消費し、街の上に雨雲を生み出した。

私は癒しと愛を司る神級精霊。雨水に治癒魔法を付与する。

「この癒しの雨が火を消し止め、都民の傷を癒しますように」

これで火災の一挙鎮圧は難しくても、火勢の抑制にはなるはず。

が、しかし。

「……ッ！」

雨雲がおかしい……。どんどん雲は黒く染まり、上空へと伸びていく。

「これは……」

次第に雨雲は電気を帯び始め、バチバチと雲の底が光り始めた。

「……雷雲……でもなぜ？」

そう疑問に思った頃には、雷雲の激しい上昇気流と風が吹き荒れ始めた。

「わああっ！」

白色テントウが風にあおられ体勢を崩し、エルフの娘が叫ぶ。

「精霊様！　いったい何をしたんですかっ⁉」

「わ、私ではありません……これは……」

次第に柔らかだった雨が激しく突き刺さるような雨に変わる。

「っ……？」

雨粒が私の肌に当たってわかる。

私の治癒魔法の効力は残っているようだ。

治癒魔法を残すということは、敵の何らかの工作により私の雨雲が乗っ取られたということではない。むしろ雨粒には治癒魔法を付与しているため、雨風は激しいが、その分、治癒魔法が多くの都民に届くということ。

味方の魔法……？

そこまで思い至ったところで、激しい轟音が鳴り響き、一瞬視界が青白い光に覆われる。

「……ッ、ら、落雷……っ⁉」

私の雨雲から稲妻が落ちる。

稲妻は魔物の群れに落とされていた。

「精霊様！　これ以上は飛んでいられません！　近くに降ります！」

エルフの娘がたまらずに白色テントウを着陸に向けて降下させ始める。

バリッ！

バリバリバリッ！

「うっ……！」

着陸までの間、何回も落雷があった。

その度に轟音が鼓膜を激しく揺らす。

誰が加勢してくれているのかわからないが、こんなに稲妻を落とされては街の被害が広がるばかり……！

バリッ！

バリバリッ！

「うっ……っ、また……っ」

思わず耳を塞いだ。

そして気付く。

「魔物だけ……？」

そう、稲妻は魔物にしか落ちていない。

まるで魔物の群れを狙い撃ちしているかのように、何度も稲妻が落ちているではないか。

エルフの娘が白色テントウを着陸させると、白色テントウはサッと羽をしまい、エルフの娘と私を地面に降ろす。

「私は白色テントウと一旦ここを離れています！　アスラ様を助けに来たんですよね⁉　どうかアスラ様をお願いします、精霊様！」

「……」

私はアスラとミレディを手助けする目的もあるが、どちらかと言えば彼らの心意気に感動して反射的に動いているところが大きい。

彼らの真心に感化されたのだ。

アスラとミレディ、そして二人が助けたいと言っていた家族が助かり、二人が納得できる結末ならば、契約精霊として文句はない。

エルフの娘が言っているように、シンプルにアスラを助けに来たわけではないのですが……。

「精霊様っ！」

しかし彼女の念押しに応じずにいると、急に両手で肩を掴まれた。

「はい……っ」

少し驚く。

「アスラ様は昔から無茶をする子なんです！　今は精霊様だけが頼りです！　くれぐれもあの子をよろしくお願いしますよ！」

すごい形相。他はどうでもいいから、アスラだけは無事でいてくれという強い思念を感じる。その迫力の強さたるや、まるで助けに行く私自身の安全すらもどうでもいいから、と言っているかのようだ。

「は、はい……やれることはやってみます」

「ちゃんとやってくださいね！　お願いしますよ、ホントっ！」

「はぁ……」

いつからエルフは精霊を崇める代わりに、魔王になったり精霊に無茶な頼みをするような種族になったのだ。

辟易《へきえき》としながらエルフの娘と別れた。

私の現在地は山麓都市ツァイオンの北側。この街は城壁等、街の出入りを制限する施設はないから、ある程度はどこからでも街に入れた。

街の内部には魔物の侵入はなさそう……いや、魔物の死骸がある。侵入して街に火を放ったが、稲妻に撃たれたのか……。死骸が焦げている。誤って放った火で焼死したわけではなさそうだ。

バリッ！

と、言ったそばから落雷があった。

ツァイオンの北側から少し街の外に出たところで稲妻が、さらに連続で落ちる。

これまでの稲妻は魔物を狙って落ちている。

魔物の群れがある場所だ。

しかし、あれだけの数の魔物が街に押し寄せて、さらに街の中に何匹かの魔物が侵入しているにもかかわらず、魔物の群れを食い止めながら、街の中の魔物を倒しているという、この街が危機から守られている状況は望ましいのだが、この状況はある意味、異常である。

魔物の大群を押し留めてもなお、街内部の魔物を排除する余裕のある猛者《もさ》が近くで戦っているのだ。

私は落雷の続く戦場に急ぐ。

その猛者の正体はすぐにわかった。

降り止まぬ落雷。雨雲からの治癒魔法が付与された雨粒は、あくまで街に降り注ぎ、どんな手段を用いたのか、落雷は街上空の積乱雲から距離のある街外れに落ちる。

稲妻は瞬時に魔物を焦がし、魔物の群れに混乱を生む。

閃光《せんこう》が視界を奪い、轟音が耳をつんざく。

その中心で舞っていたのは、ウサギの仮面をした人物だった。

「ミレディたちじゃない……？」

アスラの圧倒的な魔力量をもってしてミレディと手を組んだのだから、この獅子奮迅《ししふんじん》の大活躍は二人のものだと思ったのだが……。

恩人家族の避難を優先してるとか……？

ではこの目の前のウサギの仮面をした人物は誰なのか。

顔はウサギの仮面とフードで隠されており、人相は全くわからない。

ツァイオンの北側に広がる草原には大量の魔物の死骸が転がっている。しかし、ウサギの仮面が相手をしている魔物はまだまだ数が多い。

だと言うのに、怯《ひる》む様子は全く見られず、むしろどんどん動きが加速しているように見えた。

この付近の気候は気温が少し低いため、草原の草が短い。岩肌も多く見られる。その草や岩には、返り血が次々と飛び散る……が、それは全て魔物のもので、それどころかウサギの仮面は返り血さえ、その身に受けていないではないか。

「何者でしょう……」

私が加勢しようものなら、むしろ足を引っ張ってしまいそうな、そんな速度。

私の水属性魔法は基本的に大規模、広範囲の高威力……ここで使えばウサギの仮面が巻き込まれてしまう。

止めどない落雷はおそらくウサギの仮面の魔法……あの人物が敵か味方か明確にはわからないが、あの落雷が消えれば、こちらは劣勢になる。

今、彼を失うことが惜しい以上、私は普段は使わないような小規模の魔法で、手近な魔物を蹴散《けち》らすしかない。

しかし、あのウサギの仮面の人物の動きには目を奪われる。

そう、例えるのならば舞踏。

ステップのように軽く、魔物の間を縫うように流れ、次々と魔物を倒していく。

「今倒されたのは……ゴブリン……でしょうか」

刺されたような傷から血を噴き出し、倒れるゴブリン。

あの人物はどんな武器でゴブリンを倒したのかと思えば。

「鎖鎌《くさりがま》……？」

そう言えば、アスラが精霊化した時の彼の霊基《れいき》が、鎖鎌の形をしていた。

が、今目の前の人物が使っているのは、ちゃんと鉄の色をした金の装飾のある鎖鎌である。使ってはいるが、随分と武器に気を遣った、愛護的な使い方をしているように見える。

「霊基じゃない……？　アスラではないのでしょうか……？」

ウサギの仮面の人物は、鎖鎌《くさりがま》を相手に踊るように魔物を倒していく。

跳躍して魔物の群れの中に飛び込んだかと思えば、鎖鎌の分銅と鎖で周囲のゴブリンをなぎ払い、鎖鎌が回転する勢いを殺さずに、その身をひねり、次は鎌を繰り出す。

まるで鎖鎌が生きているかのように、鎖鎌の動きと合わせて、その人物は舞っていた。

巨大なオーガに囲まれても、オーガの棍棒《こんぼう》を跳躍で避けて、オーガたちに稲妻を浴びせる。

稲妻の魔法など、見たことも聞いたこともなかった。

しかし、キリがないと悟ったのか、ウサギの仮面の人物は、手から地面と平行に稲妻を放ち始める。

「うわっ」

稲妻は直線的に伸びる閃光《せんこう》となり、ひとたび、その手を振るえば、辺りは一掃された。

なぜ最初からこれを使わなかったのだろう……。

「あっ……」

そうか、稲妻が草原の草木に火をつけるからだ……。そんなことにも気を遣って戦っていたのか。そして草原の草木に気遣う余裕が、まだあったのか。

純粋に私は感心した。

立て続けに鎖鎌で周囲のオーガたちを一掃し、それでも漏れたゴブリンなど小型の魔物は拳で叩きのめす。しかし、それでもなお倒れない大型の魔物には稲妻を落とした。

稲妻の閃光に浮き上がるたった一人の影。

それはその場の強者の影に違いなかった。

「うわ……っ！」

稲妻がすぐ近くに落ちる。

肌がビリビリとしびれ、視界が閃光に奪われてチカチカした。

私の声に気が付いたのか、ウサギの仮面の人物がこちらに来るのが辛うじて見える。


「コーラス？　もう追いついたの？」


ウサギの仮面を外すと、そこにはアスラの顔があった。

「ぁ………」

やっぱり……。

「ちょうどよかった。手伝ってくんない？」

しかし私の困惑もよそに、彼は申し出る。

「手伝い？」

「ああ。楽にしてて。精霊相手だとしても、できるはずなんだよなぁ」

「なにを……」

すると、彼はミレディにやったように、今度は私に霊基武器《れいき》……いや、ミレディたちはワーストユニオンと呼んでいた……それを私に施したのだ。

青白い光のモヤになった彼は、私の全身を包み込み、鎧《よろい》に変化する。

神級精霊は霊基を操り、霊基武器を生み出すことができる。しかし、彼の霊基武器は鎧《よろい》……。そして、アスラという神級精霊の鎧を装着するのもまた、神級精霊の私。

精霊が精霊に霊基の鎧を付与するなど、想像もしたことがなかった。

「よかった……アタリみたいだな」

アタリ……。

さっきもアスラが言っていた。

彼の霊基の鎧には、アタリとハズレがあるらしい。ハズレのリスクがあるからこそ、ワーストユニオンと呼んでいるのだろうか。

「オリオンって精霊にも前に成功したから精霊にもワーストユニオンできると思ったんだよ」

そう言って、私の鎧として、彼は形を成した。

頭部には私の水色の髪によく似合うベレー帽。

ポンチョのような形をした鎧に、歯車などの駆動系が特徴的な長靴。

極め付けにベレー帽からウサギの耳がぴょんと飛び出した。

「ワーストユニオンの相手によって鎧が違うのか」

するとベレー帽からアスラの声がした。

鎧化したアスラが、私を包んでいるのがわかる。

これが……無属性の神級精霊の鎧……！

膨大な魔力を感じる。魔力量だけなら、私よりもはるかに上。今、私に供給している魔力は、ほんの氷山の一角。さらに奥を覗《のぞ》き込めば、まるで星の数ほどの魔力が隠されているに違いない。

「神級精霊の私が、別の神級精霊の鎧を身につける時が来るなんて……あなたは本当に面白いですね、アスラ……！」

どんどん力が湧いてくる。

何だってできそうだ。

「試しに動いてみなよ。サポートするから」

「はい……っ」

アスラの言葉に、底知れない包容力を感じた。

ミレディがアスラを助けていたのが初対面だったので、ミレディの愛情が一際大きいのかと思っていましたが……これはこれは。

アスラもミレディに負けないくらい、彼女を守りたいと思っているようですね。
なんと……なんと美しい愛なのでしょう。
私はその感動の最中、アスラに身を任せながらも、一歩踏み出した。
ドンッ！
「わっ……！」
一歩がまるで空を飛ぶ隼《はやぶさ》のような飛躍。
魔物の群れを飛び越えてしまった。
「お、群れの後ろをとるのか！　いいねえ」
「たっ、たまたまですっ」
しかし、着地はアスラが上手く鎧《よろい》を操作し、フワリと降り立つ。
アスラ……その一連の動きだけでわかります。
あなたは戦い慣れている。
いいえ、慣れ過ぎています。
強くなるため？
それともミレディを守るため？
きっと、どちらもでしょうね。
何と切ないのでしょう。

ただ二人は一緒にいたいだけなのに、世界がそれを許さない。多くの敵に翻弄《ほんろう》されながらも、それでも求め合う二人の男女。

その過程で強くなり過ぎてしまったアスラ。

「こんなふうに魔物の群れが人々を襲うことさえなければ……！」

二人は一緒にいられたというのに。

「……」

アスラは何も言わない。

ただ、魔力を供給する量が増えていく。

「一掃しますよ、アスラ」

「ああ……！」

私はさっきの要領で飛び上がると、魔物の頭上に陣取る。

すかさず、大量の水を手元に集め、大きな水弾を生み出した。

アスラの魔力を大量に詰め込む。

水弾は空を覆い、魔物の群れが影に覆われる。

「いきますよ！　アスラ！」

「ああ！　ぶちかませ！」

水弾は上空から魔物の群れに打ち下ろされ、着弾とともに洪水となり、魔物を押し流し始めた。

「アスラ、魔物の群れにイカズチを！」

「そういうことか！　お任せあれぃ！」

咄嗟《とっさ》の指示にもアスラはすぐさま応えてくれた。

アスラが放つ一閃《いっせん》の稲妻。

魔物の群れが飲み込まれている洪水に、それが触れた途端――――。

バリバリバリバリバリバリバリッッッ……！

まるで火山の噴火のように、電撃は爆発的に広がり、稲妻が水の中を駆け抜ける。

魔物たちの断末魔は短く途切れた。

稲妻を放ったのは水であったため、草木への影響は度外視ではあるが、少なくとも燃えることはなさそうだ……。

これで魔物の群れも一掃されたはず。

あとはミレディと合流して一件落着で……。

「アスラ……」

「ああ、一匹残ってやがる……」

オーガだ。

大人しい。こちらの様子をずっと窺《うかが》っているように、ただたたずんでいる。

「あいつ、別の村を魔物が襲った時にもいたやつだ……」

その時もアスラが魔物を倒したというが、あのオーガは逃げたらしい。

「様子が変ですね……これまでの魔物とは違う」

「ああ。まるで魔物の群れの進行具合を観察しているみたいだよな」

「……指揮官、でしょうか？」

「まさか……」

「知性のある魔物は確かにいます。魔王が生まれたことによるのかもしれません」

「なら……悪の芽は早めに刈り取らないとな」

オーガは今回も背中を向けて、来た方へ去ろうとする。

魔物の群れはアスラにより全滅した。

やはり、戦況を読み取る知能がある。

こんな個体はまだまだ少ないが、今後、このオーガのような魔物が増えて、魔物たちが指揮や統率のとれた襲い方を始めると、いよいよ手がつけられなくなる。

人間が魔物に勝っているのは、知能だけなのだから。

「野郎……こんだけのことしといて、負けそうになったら逃げるんかい……」

バシュ！

アスラは私とのワーストユニオンを解くと、精霊化したまま、烈風のごとく駆け抜けた。魔物の死骸を路傍《ろぼう》の石ころのように蹴飛《けと》ばし、標的のオーガに肉薄する。

勢いを殺さないまま、オーガの脳天に霊基《れいき》の鎖鎌《くさりがま》を突き立てた。

徹頭徹尾、流れるような動作だった。

オーガはどすんとその場に倒れる。

しかし、私がアスラに追いついた時だ。

絶命したはずのオーガは、にちゃっと醜い笑いを見せる。

「いい気になるなよ、人間ども……」

瞠目《どうもく》した。戦慄《せんりつ》したと言ってもいい。魔物であるはずのオーガが口にしたのは、人間や亜人種、知性のある精霊たちが使う人の言葉だった。

「我々魔族はいずれこの世界を手中に収めるぞ……これは手始めに過ぎない」

流暢《りゅうちょう》に、人の言葉を話している。

……魔物なのに。

魔族とは、魔物や魔人、魔王をひっくるめた総称。魔大陸で生まれる者たちを指す言葉だ。

アスラが突き刺した霊基の鎖鎌は、オーガの頭頂部に刺さったまま。血が止まる様子もなければ、間違いなく傷も残ったままである。

「あんた誰だよ。魔王側の人間だよな？」

アスラは鎖鎌を乱暴に引き抜く。グロテスクな音と光景は、アスラの怒りや困惑を表現しているかのようだった。

「私は魔参謀バルパス……。この名を覚えておくがいい。我が主君、魔王様と共に世界統一を成す名前だ。貴様の家族、仲間、愛する者……そやつらすべてを血祭りに上げてやろう……」

バルパス……？

聞かない名前だ。参謀の役職を名乗っているが、魔王の側近を務めているということか。

何らかの魔法を使い、オーガを操っているように見える。

こういう安全地帯からデカイ口を叩くやつは、どうも好きにはなれませんね。

「あっそ。俺はアスラ＝トワイライト。いつでもかかってきなよ。吠え面かかせてやるから」

アスラ……。

「アスラ＝トワイライトか……覚えたぞ、その名前と顔……。会うのを楽しみにしているぞ」

バルパスと名乗る魔人がオーガを通して威嚇《いかく》すると、オーガは今度こそ事切れたようだ。白目を剥《む》き、脱力した。

それにしても驚いた。

ミレディと話すこのアスラという少年は、ああも高圧的に話す人物ではなかったはずだ。

それも、敢えて相手を挑発するような物言い。

絶対の自信があるのか、それとも……。

「ごめんな、コーラス。これからしばらく魔物退治に付き合わせるかも」

しかし、そう言って振り返るアスラの表情は、出会った時と同じ柔らかなものだった。

「いえ……」

「でも、バルパスってやつのおかげで決心がついたよ。俺は魔王を倒すよ……」

アスラは精霊化を解き、目の前の絶命したオーガを眺めた。

やはり……その決心を確かなものにするための大口だったのだ。

雷雨は収まり、雨雲は晴れていく。

雲一つない快晴に、空に残った雨粒が降り注いだ。

「戻りましょう。ミレディが待っているはずです」

しかし、絶命したオーガの前から動こうとしないアスラは、どこか心細そうにたたずんでいた。

私が声を掛けると、軽く返事をして私に追いつく。

ツァイオン付近の草原は、雨で地面がぐしょぐしょに濡れていた。

アスラも私も濡れている。

魔物の群れを全滅させたからと言って、晴れやかな達成感を感じられる決着ではなかった。

魔参謀バルパス……アスラがしばらく頭を悩ませる名前になりそうだ。

◇◆◇

〈アスラ〉

コーラスとツァイオンに戻ると、街のはずれでミレディたちが待っていてくれた。

いの一番に、マナと呼ばれていた少女が駆け寄り、抱きついてくる。

「クロさん！　ホントに、ホントにホントにホントに強かったんだねぇ！　すごいねぇ！　たくさん雷怖かったけど、クロさんが守ってくれてるみたいだったよ！」

抱きついたまま、まるで子犬が尻尾を振ってはしゃぎ回るかのように、笑う。

「言った通りだったろ？　みんな――」

「それでね、それでね！　クロさんが雷どーん！　ってしたら、魔物たちみんないなくなってさ！　街の中のゴブリンもみんなやっつけてさ！　ホントのホントのホントにすっっ

っごぉおおく強いんだね！」

もはや活躍した本人の言葉さえも無視して話が止まらないほど、興奮冷めやらぬ様子である。

腕を大きく広げてその時の様子を想像してみせたり、息継ぎも忘れてマシンガントークをするものだから、頬《ほお》を紅潮させて苦しそうにしていた。

「はぁ、はぁ、はぁ……」

多少熱が冷めたのか、呼吸を忘れていたことに気付いたようで、肩を揺らすマナ。

そんなマナを抱き止め、母親と父親が頭を下げる。

「ギンさん、クロさん、本当にありがとうございます……！」

「ああ、君たちはツァイオンの恩人だよ」

二人はリンナとオーウェンという夫婦らしい。

やはり俺が熱で倒れている間、ミレディが世話になった家族だと教えてくれた。

山麓都市ツァイオン。

街の被害は、魔物の群れの襲来を鑑みると、大きくはなかった。

建物の所々に黒く煤《すす》がついているだけだ。怪我《けが》人は、コーラスの治癒魔法が付与された雨により傷を癒しているらしいのだ。人的被害はほぼ皆無だという。

一応、街を守ったということになるのかな。

マナの家族を守れればきっとミレディは良かったのだろうけど、数百の魔物の群れを前にして、そうは言っていられなかった。

それに、最後まで戦いの行方を観察していたオーガ……あいつは操られていた。

魔参謀バルパスという魔人と思われる人物に体を乗っ取られていたのだ。オーガは致命傷を俺に負わされた後も、人の言葉で俺を呪うように話していた。

『我々魔族はいずれこの世界を手中に収めるぞ』……。バルパスはオーガを通してそう言っていた。

あいつの話は恐らく本物。脅しや挑発などではない。魔物の群れが街を襲うのは、今回限りとはいかないだろう。

これからも魔物の動きは活発になり、魔王が魔物を鎮静化させるだけの魔力を行使できない今、魔参謀と名乗るバルパスが人間の世界を征服する方向に舵《かじ》を切り、魔物の暴走を良しとしている。

また同じようなことが起こってみろ。

そう考えた途端に、色んな人の顔が思い浮かぶ。

一緒に旅をして、一緒に強くなったクシャトリア。いつもクシャトリアと一緒にいるアルタイル。それにネブリーナ姫。思い出の鎖鎌《くさりがま》や王族手形をくれた恩人たちだ。

そして学園にいる仲の良い連中。

ギルドで世話になったみんな。

一人で生きてきたように思える一方、俺はこの世界で色んな人に助けられてここにいる。

そんなみんなの平和を、魔物が、魔人が壊すのだ。

想像するだけで体が強張《こわば》る。

「アス……えっと、クロ……さん？　どうしたの？」

「あ、いや……また魔物の群れが来たら、って心配になってさ……」

俺の異変に、やはりミレディは気が付く。彼女には俺の心情の機微を敏感に感じ取る器官が備わっているのだ、きっと。それに、あとちょっと俺の名前を呼びそうになってた。

「ギンさんとクロさんがいれば大丈夫だよ！」

と、無邪気に言うのはマナだった。

ミレディの治癒魔法と俺の稲妻の強さを信じて疑わない。そんな笑みだ。

「俺たちもずっとここにいられるわけじゃないんだよ、マナ……。大元を叩かないと……」

「……大元？」

ミレディが聞き返してから、はっとして目を開けた。

「もしかして……まさか……」

「ああ、そのまさかだ」

まさか、に続く人物には俺とミレディの共通認識で思い当たる節があった。

そう、魔王だ。

「最後のオーガが別の魔人に操られてこう言ったんだ」

ミレディの表情が強張《こわば》るのがわかった。大人の雰囲気が変わるのを、子供のマナは感じ取る。笑顔が消えていた。

「えーっと、お、オイラは魔参謀バルパスぅ！　ニンゲンたちをやっつけちゃうぞー！

……て」

「あははは、クロさん変なのー！　すっごく弱そうなのにー！」

ごめん、バルパス……。お前の存在がシリアス過ぎて子供の前ではストレートに説明できなかった。でもさ、お前が敵だからってタコみたいな口をしてにょろにょろ動きながらお前のセリフを言うのはあんまりだったと我ながら思うよ。心の中で謝っとく。ごめんな。

ともあれ、これ以上バルパスの好きにさせることはできない。いくらバルパスを子供の前で雑に扱おうと、それに変わりはない。

魔物を操るという未知の力を使うやつだ。

マナに対しては、バイキン◯ンみたいに勝てる見込みがまだありそうな敵に扮してみせたが、実際には難しそうだよな。

だって人が魔物に勝てていたのは知能のおかげだ。人と同等か、それ以上の知能が、人間を滅ぼさんとする魔族に備わってしまえば、未来は随分と暗くなる。

やつらの思い通りになってはいけない。

「ひとまず、エルフの里に戻ろう」

「そうだね……」

ミレディの返事、コーラスの首肯を確認した。

「クロさんたち……もう帰っちゃうの？」

マナが不思議そうに首を傾げる。

「ああ。こんなに危ないことになってるんだよって……エルフの人たちに教えてあげないと」

「そっかぁ……じゃあじゃあ、エルフの人たちに教えてあげたら、戻ってくる？」

マナの言葉を聞いてから、ハッとした。

俺たちと一緒にいられると思っていたのだ。

しかし、すかさずミレディがマナを制止する。

「エルフの里で族長さんと話さないといけないの。まだ先になると思うけど、それが終わったらまたマナのお父さんのご飯食べに来ていい？」

ミレディの言葉に、マナが目を輝かせる。

いつの間に子供の扱いが上手く……って、俺か。俺が二年間も精霊やってるうちに彼女は女性として成熟し、子供のまま時間が止まった俺との付き合いが、彼女をさらに大人の女へと昇華させたのだ。

「うん！　いつでも来ていいんだよ！」

マナはミレディに抱きついた。

今の会話から読み取るに、ミレディは俺たちの方針が打倒魔王に定まったことにより、ガルダにそのことを伝えるというところまで、俺の考えを読んでいる。敵わないなぁ。

マナの満面の笑みに、ミレディにしては珍しい、微笑みを返した。

「お姉ちゃんもありがとう！」

唐突にマナに呼ばれたコーラス。予想だにしていなかったのか、鳩が豆鉄砲を食ったような顔をする。

「……いえ」

コーラスは困惑しながらも、口元を緩める。

マナはリンナとオーウェンのもとに戻って、家に足を向けた。それを見送ってから、俺はミレディ、コーラスとツァイオンを出ることにした。

「アスラ……」

「うん？」

「ごめんね……目を覚ましたばかりなのに無茶させて……」

まさかの反省タイムだ。しかもミレディのミレディによる俺のための反省である。

「全然だよ。むしろミレディの新しい治癒魔法のおかげで前より元気さ」

「本当？」

「本当ですよ、ミレディ。あなたが山頂で休んでいる時にもアスラは同じことを言っていました」

コーラスの説明にミレディは、そう、とだけ呟《つぶや》くように言うと、それ以上は言及せず、しかし納得したような迷いのない足取りをみせた。

ツァイオンを出たところで、ふとコーラスが立ち止まる。

「……何かを忘れているような」

知的な瞳の少女が顎《あご》に手をやる仕草は様になっていた。

なんだ、と尋ねる前に答えの方から現れる。

少々興奮気味で。

「ちょっと！　何を帰ろうとしてるんですか！　私のこと忘れていませんか!?」

ヴィカだった。

彼女の後ろには黄色テントウのような巨大な昆虫がいる。黄色テントウと異なるのは、外殻が白いことだ。

「あなたですよ、あなた！　精霊様！　ここまで連れて来てあげたのに、用が済めばハイ、サヨナラですか！　そうは問屋が卸さないですよ！」

どうやらヴィカの話によると、この白色テントウという、黄色テントウより速度が出る昆虫に乗って、コーラスとともにツァイオンまで来たのだという。

「それにアスラ様っ！　さっきまで熱で倒れていた病み上がりなのに動き回るのはダメですよ！　ちゃんと安静にしてなさい！」

そして俺にも飛び火が……というか、ヴィカは俺の様子を見に来ただけではないのだろうか。

「何にも怪我《けが》してないよ。ほら……」

ヴィカの前でくるっと回ってみせると、ヴィカは幾分か落ち着きを取り戻したようだ。

「怪我ではなく体調の心配をしているんです！」

「はいはい……ありがとね」

「何がはいはいですか」

「ごめんて……それより、その白色テントウ、何人まで乗れるの？」

「まったく……」

ヴィカは、あからさまに頭を抱えてみせてから、辟易《へきえき》としながら答える。

「ここにいる四人なら乗せて飛べるはずです。樹液もまだ残っているので里までなら」

口がへの字だ。

その後すぐ、手綱を持つヴィカを先頭に、俺、ミレディ、コーラスの順に白色テントウに乗せてもらった。ヴィカはヘソを曲げていたが、エルフの里に着く頃には幾分か穏やかになっていた。

「着きましたよ」

「……」

「アスラ様？」

「アスラ……？」

右肩をヴィカ、左肩をミレディに貸してもらい、白色テントウから降りることができた。

はっきり言おう。

腰が抜けていたと。

この世界における俺の体は、高所が恐怖な病に侵されているアレのようだ。聞けばエルフの里に向かう時も黄色テントウという巨大な昆虫に乗って空路を移動したっていうじゃないか。寝っててよかった。

「い、いやぁ……俺はもう乗らなくていいかな」

「アスラ様にも苦手なものがあるんですね」

「そりゃあるだろ。人間だもん」

言ってて自分は半分くらい精霊であることに気付いたが、誰にもツッコまれなかったので黙っておく。

里へ続く道の手前に大木が立っており、その木の根元で白色テントウから降りて、鞍《くら》などを取り外す。大木の幹には他にも何匹か白色テントウが見えた。樹液を吸っているのだろうか。

ヴィカについていくように里に入ると、族長ガルダが待ち受けていた。

「あれほど白色テントウに乗っては駄目と言ったのに……乗ったのね、ヴィカ?」

口調や表情からは朗らかな優しさが窺《うかが》えたが、目は笑っていなかった。

「うう……はい、すみません……」

「鞍は里の者に預けておきなさいね」

「はい……」

ガルダって怒ると怖いんだ、という場違いな感想を抱いたのは俺だけではないはずだ。

しかし、ガルダはそれだけヴィカに伝えると、里の奥、社《やしろ》に向けて歩き出した。

「ついてきなさい」

有無を言わさぬ語気があった。

ヴィカを叱るガルダを見た後では、ついて行くのが少し怖い。これって俺だけ？

ヴィカは白色テントウの鞍を持って、里の中へパタパタと駆けて行ってしまった。

一方、ミレディとコーラスは悠然と歩く。

二人は肝が据わっていて格好いい。俺もどしっと構えた態度でいこうと思い、胸を張って歩くと。

「アスラ……そんなに後ろに反って歩くと転びますよ」

コーラスに注意された。それも親が子をたしなめるような注意のされ方だ。さっきミレディは俺が精霊やってる間に大人になったんだって差を自覚したところなのに、ミレディの前で注意されたものだから、余計にその差が俺の中で浮き彫りになる。

そんな俺の抱く違和感をよそに、くすくすと静かに笑うミレディ。

無表情、無愛想、声も無抑揚の三拍子そろったミレディが、ああやって笑うのも大人になった証拠か。

この二年で、きっと世の酸いも甘いも噛《か》み分けてきたに違いない。

俺には前世の経験や価値観があるから、まだ対等に話すことができるが、これが本当の十六歳のクソガキだったら、彼女に劣等感を感じて仕方なかっただろうに。実際、今の俺でも少し感じている。

人間に戻ってからというもの、世間の目に触れないように王都を出なきゃならないわ、解放軍の残党と戦うわ、おまけに俺がぶっ倒れるわで真面目な話をゆっくりとする時間がなかったように思う。

「？」

そんなことをミレディの顔を見て考えていると目が合った。

思わず目を逸らす。

うわー、今のめっちゃ童貞っぽい。そしてそのままうつむいて時間が過ぎるのを待つのだから、根っからの意気地無しである。

と思ったところで。

「……どうしたの？」

ふわりと良い香りが鼻腔をくすぐると同時に、甘い口調が耳を撫《な》でた。

「わ……っ」

思わず跳ね退く。

ミレディが俺の耳に息がかかるくらい近くにいたのだ。

彼女にしては珍しく、悪戯《いたずら》っぽい表情をしている。

至近距離で俺に囁《ささや》かれたミレディの言葉が、未だに俺の鼓膜を揺らしていた。

「びっくりした」

「私のこと、見てたでしょ……なんで？」

ミレディが俺の横に並ぶ。ガルダから少し後方に離れて歩いた。

「いや……ミレディって大人になったなって……」

「なに？　急に」

また微笑んだ。

「さっきマナって子と話してるのを見て思ったんだよ。俺は二年間精霊だったからミレディがすごく成長して見える」

何言ってんだ俺。情けない。何の相談だよ。そういうのが彼女にしてみりゃ子供なんだよ。不安なんだろ？　自分には空白の二年があって、置いてきぼり食らった気分なんだって。

「後悔してるの？」

精霊になったことか？

「……少し」

「私もだよ」

「え」

「せっかく学園で会えたのに、また離れ離れになって、人生二年も無駄にした気分だよ」

「そうでもないんじゃない？　ミレディは大人になった。大人になるには充分な時間で、必要な時間だったんだ。きっと」

ミレディはそれを聞くと、無表情に戻り、ふぅん、と相槌《あいづち》を打って考えるように空を見た。

「それならアスラも同じだよ。アスラが精霊になったおかげで解放軍から私を守ってくれたんだよ。王都でも。解放軍のアジトでも。だから無駄な時間じゃなかったんだよ。きっとね」

俺の言葉に似せるような返答だった。

しかし、やはりそういった思慮が彼女の成長を感じさせる。

「そうですよ」

コーラスが俺とミレディの間に割って入る。

「アスラが精霊になっていなければ、ツァイオンの街を魔物の群れから守ることはできませんでした。結果がどうであれ、あなたたちが離れ離れになった二年間は無駄ではなかったということです。離れてお互いがお互いを思う時間が長ければ長いほど、愛は育まれる。そういった点で――――」

「――――わかったから。落ち着け」

「わかればよいのです」

一体何が言いたかったんだ。最終的に愛とは素晴らしいと説き始めたため、論点がわからなくなった。

論点を見失い、話は有耶無耶《うやむや》になったが、ミレディの口角は若干上がっているように見えた。

それ以外の会話はなく、間もなく社に到着する。

「入りなさい」

ガルダは俺たちを先に社へ通す。

先ほどガルダと会った広間まで来ると、ガルダはミレディとコーラスにはここで待つように伝えた。

「あなただけ奥へ……」

「なぜ？　アスラだけ？」

「元魔王が何を企んでいるのやら」

いの一番にミレディが食い下がった。コーラスに至ってはガルダと顔を合わせるのも嫌がっているようだ。

「この話だけは二人で話す必要があるのよ。何があっても、絶対に」

ガルダの綺麗《きれい》なソプラノの声は、普段が耳当たりの良い声だけに、少しでもドスを利かせると、なかなかどうして迫力のある声になった。

彼女……ガルダなりに気を遣ってくれているのだ。話の内容はおそらく、俺の前世に関連した話……おおよそ見当がついた。

「例の……ことか」

「ええ。そうよ」

俺とガルダにしかわからない言葉に、ミレディは怪訝《けげん》そうな目をする。

「ごめん、ちょっとだけ待っててくれ」

深刻そうな顔をするなミレディ。俺は努めて口調を明るく、楽しげにしたが、ミレディの無表情の中に潜在する不満は拭えはしなかった。

「ミレディ……もしかして嫉妬《しっと》をしているのですか？」

「な……っ」

「やはりそうでしたか。ミレディ、あなたの少女のような幼い恋心……私は素敵だと思いますよ」

コーラスの言葉に、ミレディは一気に顔を赤くした。

ミレディが？　俺に？　嫉妬？

何だろう、この……好きな子が俺の手の平の上でやきもきしている感触は……。

「ちが……」

ミレディは咄嗟《とっさ》に顔を袖で隠すが、目から読み取れる動揺は丸見えだった。

「何が違うと言うのですか。隠す必要はありません。元魔王などと穢《けが》れた存在に比べれば、なんと一途で清い心なのでしょう。アスラを想う一心が生み出すその感情……あなた

も感情の正体がわからず、ともすればこの感情に何と名前を付けようか迷っていたはず
――――」

「――――わかったから……っ。ごめん、アスラ……嫉妬してた……」

うわ……無理……。

ガルダの表情がひくりとわずかに引きつったが、抑えられない感情の激流が俺の理性を決壊させた。

「ミレディ……」

「ちょちょちょちょっとっ！　こんなとこで何しようとしてるの」

ミレディがあまりに可愛いものだから人目もはばからずに抱擁《ほうよう》をするところだった。

「いや、あまりに可愛いかったのでつい……でも俺が本当に一緒にいたいと思うのはミレディだけだか――――」

「――――わかったから……っ。早く話済ませてきて……。キスは……その……あとで……」

「あれ？　俺はハグしようとしただけなんだけど……」

「～～～～～ッツッ」

ミレディはハグしようとした俺の胸を手で突き放すような体勢のまま、うつむいてしまった。下を向いており表情はわからないものの、耳まで真っ赤だ。

コーラスは満足気にミレディの両肩を後ろから支える。

「……」

ガルダは自分は何を見せられているのだと言わんばかりに、白けた顔のまま広間の奥の部屋へ、さっさと向かった。

この後、小言を言われそうだ。一万円賭《か》けたっていい。

広間の奥の部屋は、広間と同じ漆塗《うるしぬ》りの床と壁が広がっていた。広間ほどとは言わないが、テニスコートくらいの広さがある。

「随分と楽しんでいるのね。『この世界』を」

やはり綺麗《きれい》なソプラノの声。

しかし眼光は鋭く、鷹《たか》のようなそれである。

ミレディとのことを言っているのだろうか。

「おかげさまで」

話し合いをする目付きじゃない。皮肉いっぱいに返事をしてやった。

「前世の記憶があるってどんな気持ちなのかしら。新しい世界でも恋人って作れるものなの？」

「それは人によるだろう。でもまあ、転生したのが俺だからな。異世界でも余裕で幸せを掴んでるんだよ」

「はいはい。そう言えばあなたに皮肉は通用しなかったわね」

降参とばかりに両手を挙げてひらひらと動かしてみせるガルダ。

「皮肉を言うためにここに呼んだのか？」

「少しくらいおしゃべりしましょうよ。ずっとあなたの深層世界でしか会えなかったんですもの」

「おしゃべりなんていいよ。今更だろ。わかってるよ。魔王討伐のことだろう？」

「もう……せっかちな人ね」

ガルダがようやく笑った。続けて、その通りよ、と首肯する。

「わかっていると思うけど、あなたをこちらの世界に呼んだのは来たる魔王を倒すため。でもあなたを呼んだのは私じゃないの。さっきも話したけど、『奇跡』の力よ」

やはり、と俺の中で確信に変わった瞬間だ。俺がこの世界に転生したことには必ず意味があるはず。『アスラ』として生まれた瞬間からそう思わずにはいられなかった。もし意味がないのなら、なぜ俺なんだ？　と。

「まるで『奇跡』って能力に意志があるみたいに言うんだな」

「そうね。自分でも不思議だけど、そう思うことは私も多いわね」

俺と同じことを考えていたのが、そんなに可笑しかったのか、ガルダは微笑んだ。

その姿は、俺が前世、死ぬ直前に目にした不思議な長髪の少女を思い起こさせた。

この世界に生まれて久しい俺は、その光景のことをすっかり忘れてしまっていたはずだが、なぜだろう、ガルダの微笑みを目にすると鮮明に思い出された。こんなにもはっきりと記憶に残っていることを、なぜ忘れていたのだろうと疑問に思うほどに。

「あんたってやっぱり……」

「ん？　なあに？」

「あ、いや、なんでもない」

何を言い出そうとしているんだ。前世の俺を殺して……いや、前世で俺が死んだことに『奇跡』の力の関与はなかったのかもしれないが、この世界に俺を呼んだ者を、少なくとも俺は好ましく思っていなかったはずなのに……。

「気になるわね……まあいいわ。それで、行ってくれるのよね？　魔大陸に。その覚悟を決めたからこそ、私について来たんでしょう？」

「ああ。そうだ。まるでタイミングを見計らったように魔物の群れが街を襲った。大切な人を失うのはもうごめんだよ。それに……」

「それに……？」

「『魔参謀バルパス』ってやつがさっきの魔物の群れを導いていた。知らない？」

「バルパス……聞かない名前ね。でも魔参謀って名乗っているのなら、魔王の側近で間違いないわ。そいつは倒したの？」

「いいや。別の場所から遠隔で魔物を操っていたんだ。あの野郎、俺に喧嘩《けんか》を売ってきやがった。俺の家族や仲間……ミレディのことも……絶対に許さない」

「異世界人にしては見所があるわね」

仲間のこと……特にミレディのこととなると、自分がこんなに熱くなる性格だったとは思いもしなかった。

だけど、これだけは絶対に譲れない。

俺は魔参謀バルパスと魔王を倒す。

この世界は、俺にとっては異世界だ。魔王に支配されようと、どうなろうと、最終的には知ったこっちゃないのだ。

しかし、この世界にはミレディが暮らす国があり、街がある。

ミレディは俺のすべてだ。

俺は、この世界のためじゃない。この世界に暮らすミレディのために、この世界を救う。

そう決めたのだ。

「覚悟はできてんだ」

「いいでしょう……それでは――――」

「あなたには『奇跡』の力を継承しましょう」

ガルダは継承と言った。

先代魔王の力……つまり『奇跡』を俺が引き継ぐってことなのか。

「ど、どういう意味だよ」

やや早口で聞き返した。

「言葉の通りの意味よ。魔王になった際に発現した私のこの力を、あなたに託したいの」

「そ、そんなこと……できるのかよ」

ガルダは、何を怯《おび》えているのかしら、と余裕一杯に笑う。

「それが……それこそが『奇跡』なのよ。あなたが強敵と戦う時、あなたが壁にぶち当たった時。必ず力をくれるわ……今の私にその力が働いているようにね」

「今も……!?」

ガルダを頭の先から足の先までさっと見てみるが、特段変わった様子は見受けられない。

これで……こんな状態で、元魔王の力が働いていると、本当に言っているのか？

「ええ、そうよ。『奇跡』が発動すれば、力がどう働くのかがわかる。今の私の場合、あなたに『奇跡』という能力そのものを引き継ぐ力が働いているの。これは天啓でもなければ条件があるわけでもない、直感がそう告げているの」

「ちょ……っ、かん……」

思わず唖然《あぜん》とした。

何とでたらめな力なのだろう。

発動条件も発動後の力もわからないだなんて。

「いざとなればわかるわ」

「いざって時にゃもう手遅れの気がするんだが……」

「そんなことはないわ。私は何度もこの力に助けられている。そしてあなたも……欲しいのでしょう？　守る力が」

ガルダに言われてはっとした。

そう、何を隠そう、俺が強くなったのはミレディや他のみんなを守るため。

精霊化の力を手にした時、そう感じたし、守るために力を使いたいと思った。

もしこの『奇跡』の力で、ミレディを守れる可能性が一パーセントでも上がるのだとしたら？

俺に選択肢などあろうか。

決めたろ。彼女を守るためなら、何だってするって。

「さすが。前世から付き合いのある唯一の人物だな。その通りだよ」

ここが分水嶺《ぶんすいれい》だ。

魔王と戦う決意はできた。

そのために元魔王から力を引き継ぐ。

言葉にしてみると、おかしな話。アノマリーも良いところだ。

それもそのはず、先代魔王は現魔王とは違う平和な世界を望んでいるのだから。

「初めてあなたと気が合うのだと思えたわ」

そう言うと、ガルダはそっと着物のような服の首元を緩め、鎖骨を見せる。

鎖骨付近の肌には、黒色の入れ墨を彫ったみたいな模様が浮き出ていた。

模様は耳がピンと立ったウサギの顔に見えなくもない。

「ここに触れて。ただ感じるだけで良いの」

「何を？」

「力を、よ」

これまでにない語気である。眼光が再び鋭くなった。

しかし、ガルダがそうも昂《たか》ぶる力が、今、継承される。

俺はウサギの模様に指を触れた。

「……」

「……あ……」

「なあに?」

「いや、何百年も生きてるのに肌綺麗《きれい》だなと思って」

「そ。ありがとう」

「……」

「……」

「これで、『奇跡』はあなたに継承されたわ」

あれ、これだけ?

もっとこう……例えば派手な光を放つ魔法陣が現れたり、例えばパチンコが当たるみたいに激しいフラッシュ演出に包まれたり、そんなのを期待していた俺は、はっきり言って『奇跡』の力ってやつをイマイチ実感できていない。もっと言うと、肩透かしを食らった気分にすらなっていた。

そうとも知らずに、ガルダは、ふう、と一息つく。

強くなった気はしない。力も湧いてこないが、いいや待てよ……しかし、なんだか……

じんわりと体の奥が温かい。

魔参謀バルパスという存在に肝が冷える感覚も、気付けばなくなっている。

その温もりが伝えてくれた。

いや、物語っているのだ。

ガルダの意思を。

「どう？　何か変わったかしら」

「いんや。でも、あんたの気持ちが初めてわかったよ」

「……どういうことかしら」

「この『奇跡』にはあんたの意思がちゃんと息づいているってことだよ」

「？」

ガルダは疑問符を浮かべる。

自覚はないんだな……。

「あんた……人間たちと仲良くしたかっただけなんだな」

その温かい気持ちが、『奇跡』には宿っていたのだ。

「……あぁ」

すると、ガルダは息を呑《の》んだかと思えば、嗚咽《おえつ》を漏らし始めた。

「わかるのね……私の描いた夢が……」

「お、おお、おい……泣くなって……」

俺はと言うと、まさかガルダが泣くとは思わず、情けなく戸惑うだけだった。

俺の焦りとは裏腹に、ガルダの感情は昂《たか》ぶるばかり。肩を振るわせて、外に声が漏れないように口を押さえてはいるが、しかし、抑えられない感情が大粒の涙となって頬《ほお》を濡らす。

「うれ……っ、嬉しいの……今まで誰もわかってくれなかった……。魔王だから、亜人種だからって……」

王都のギルドで受付嬢をしているニコが、人目をはばからずにわんわん泣くタイプだとすれば、ガルダはその正反対。人知れず声を押し殺しながら静かに感情を涙にするタイプだ。

しかし、それでも彼女の感動が、心の震えが、彼女の涙から見てとれる。

俺は掛ける言葉が見つからず、彼女の背をさすることしかできなかった。

ガルダは涙を止めると、礼を言った。

「ありがとう……わかってはいたけど……優しいのね」

しかしそれを俺に伝え終えると、崩した表情をさっと引き締めた。今の今まで泣いていたとは思えないほど、表情に鋭さが戻る。

あれ……演技……じゃないよね。いいや、涙は本物だろうが、そう疑う余地は充分にあるキリっと整った表情だ。

「魔王の時に手にした力を誰かに継承させるなんて初めてのことだけれど、あなたの心が私の想いに少しでも呼応してくれたのなら、こんなに嬉しいことはないわ。『奇跡』があなたを呼んだ理由……わかる気がするもの」

「ああ。たぶん、俺が転生した理由はこれなんだろうなって思うよ」

「……良かった」

「でも勘違いするなよ。あくまで俺はミレディの暮らす世界を平和にしたいだけだ。魔王を倒すって目的が一致しただけだからな」

「ええ、わかっているわ……」

口調もさっきと変わらないくらいに落ち着きを取り戻した。

しかしガルダは何かを思い出したように長い耳をピクリと動かし、俺に尋ねた。

「ねえ」

「うん？」

「さっき、本当は何と言おうとしたのかしら」

「さっきって？」

「ほら……あんたってやっぱり……って何かを言おうとしたでしょう？」

「なんだ、そんなことか。別に大したことじゃないよ。あんたの……ガルダの声って夢の中と変わらずに綺麗《きれい》だなって……それだけだよ」

「ふうん……」

「なんだよ」

「いいえ。私は構わないのだけれど、あまりほいほいと女性を褒めない方が良いわ」

「なんでさ」

「さあ……なぜでしょうね」

なんなんだよ。この際なんだし今更ミステリアス感出さないでほしいんだけど。

「アスラ」

「今度はなんだよ」

初めてガルダに名前を呼ばれた気がする。それも『この世界』の名前で。

「まだあなたに会わせたい人がいるの。あなたの待ち人よ」

「待ち人？」

この里にヴィカ以外の顔見知りがいるとは思えないんだが……。

というか、エルフの知り合いはヴィカしかいない。

一体誰が……。

「会えばわかるわ。また明日、ここに顔を出してくれるかしら？」

「明日？　今からじゃダメなのかよ」

「今日あなたは目を覚ましたばかりじゃない。それなのに魔物の群れとも戦った。はっきり言って、正気の沙汰《さた》じゃないわ」

「体力が有り余ってんだけどな……」

ミレディの治癒魔法のおかげだ。ミレディは神級精霊コーラスと契約したことで、彼女の持つ水属性魔法は極致魔法となった。

極致魔法となった治癒魔法で俺は病を克服し、目を覚ますことができた。

極致魔法万歳。

……とは言うもののミレディはそうじゃない。

彼女は何日もかけて長い道のりを、一人で、意識の無い俺を連れて旅をしてきたのだ。

その上、直後にはツァイオンに救援に行った。

俺以上に、彼女が限界のはず。

ガルダの言葉が、急に他人事ではなくなる。

「……まあ、今日じゃないと駄目ってわけじゃないさ。また明日来るよ」

「ええ。外の二人……いいえ、外の一人と一匹にもよろしくね」

言うまでもなくミレディとコーラスのことだろう。

ったく、お前ら仲悪すぎ。

コーラスの一方通行の嫌悪かと思えば、ガルダの方からも嫌悪ベクトルがコーラスに向いているではないか。

二人とも大人なんだからさ。仲良くなれとは言わないけど、表面上だけでもせめて仲良く振る舞ってほしいもんだよ。

そんな大人の対応をこの世界に求めるのが、土台無理な話なんだと、俺は身をもって感じた。

◇◆◇

部屋から出ると、ミレディたちは広間の縁側のようになっている窓際にいた。

ミレディ、コーラス、それに後から合流したのだろうか、ヴィカもそこにいた。

三者とも近況をある程度話し終えて、他にすることもないしな、と手持ち無沙汰《ぶさた》に外の里の様子を眺めている。そんな雰囲気だった。所在なさげな人間のお手本のよう。

「お待たせ」

「おかえり、アスラ」

何を話したのかは誰も聞いてこない。

俺と族長ガルダだけで交わした会話。聞き出してよいのかと思っているのが、ありありとわかる。

「ガルダと話した。魔王を倒す覚悟はできたつもりだって……。ミレディとコーラスはそれでいいのか？」

「良いとは、どういう意味でしょう？」

魔王を倒す旅に出ることだ。

この話題を二人に切り出すのは、いくら傍若無人《ぼうじゃくぶじん》な俺でも気が引ける。そのせいで言葉足らずになってしまった。

しかし。

「私はいいよ」

ミレディ……。

彼女の俺の感情を読み取る力は、もはや精神感応も良いところだ。テレパシーってやつなんじゃないかと思う。

「アスラが行くなら、私も行くよ。それに、さっきみたいに魔物の群れがまた街を襲うかもしれない。魔王を倒せば、魔物も今よりは落ち着くんだよね」

「ガルダはそう言ってたな……でも勘違いしないでほしいんだ」

俺は恥を捨てて、ありのままに言うことにした。今言わないと言えない気がしたからである。

「？」

ミレディは、何のことか、と可愛らしく小首を傾げた……んだけど、そういうとこだよ、守ってやりたくなるの。

「俺はミレディがこれ以上戦わなくていい世界にしたい。マナの前ではふざけて言ったけど、脅されたんだよ、魔参謀バルパスってやつに。家族も仲間も、愛する者も殺すって。ミレディだけは失いたくないんだ。だから、魔王たちとの戦いにミレディを連れて行くってのは、俺の意思と矛盾してるんだよ……」

ひっさしぶりに本心を話した。ミレディとコーラスの無言が耳に刺さる。

が、しかし。

「ぷふふ……」

ミレディが静かに噴いた。

「え、なんで？」

笑うところか？　気付かないうちに俺はこの世界の人々の笑いのツボを刺激できるようになったとか？

「こんなに長いこと話すアスラって初めて見たから……ふふふ、ごめんね。ふふ……っ、続けて？」

よっぽど面白かったのか、ミレディは顔を紅くしてまで笑った。普段、無表情のミレディの笑顔を見られたことは嬉しいが、笑われるとわかっていて続きを話すほど気恥ずかしいこともない。

だって長いことしゃべったら珍しいっつって笑われるんだもん。

ていうか、俺のミレディを大事に思う気持ちは伝わっているのか？　なのに笑われてんのか？

「ははは、話は終わりだ」

「んふふ……でもアスラの気持ち……嬉しいよ。私も同じ気持ちって言えばわかるのかな……一緒に行くよ？」

ミレディはわかっていたのかもしれない。

俺の気持ちも言わんとすることも。その上で初めから俺に同行すると言ったのだろうか。もしそうなら、俺の長ったらしい言葉を笑うのにも頷《うなず》ける。なぜなら、最初から俺のことなどお見通しなのだから。

「ありがとう……心強いよ」

ミレディは無表情に戻っていたが、コクリと頷く。

「何かと思えば私たちに気を遣っていたのですか。なにを水臭いことを。私はともかく、アスラ、あなたはミレディと永遠の愛を誓っているのです。俺について来いと言ってやる方が、ミレディも喜ぶというものです」

なぜか途中、俺とミレディがあたかも結婚しているかのような節があったが、そこに触れるとコーラスの話は長引きそうなので、俺はスルーした。

「とにもかくにも、私たちを止めても無駄ですよ、アスラ」

どうやら俺の不安は杞憂《きゆう》に終わったらしい。

不安というのは、ミレディとコーラスが一緒に来ないこと。

二人の安全のため、旅への同行は強要したくなかった。

「二人とも助かる……ありがとう」

しかし、実際一人旅などほぼしたことがなかったものだから、不安だった。昔、フォンタリウスの屋敷を追い出された折に、短めの一人旅をしただけ。

その後、すぐにレオナルドとジュリアに世話になり始めたものだから、一人旅というのは過言である。

そう考えると、ミレディは意識のない俺を連れて旅をしていたのだ。彼女の心労たるや……。ふとした瞬間にいつも思う。ミレディは身を削ってでも俺を助けてくれたという感謝と親愛の念だ。

しかし今回も旅の同行を頼むとなると、その恩を返す時はいつになるのやら。

俺たちは、ひとまず社を出ることにした。

「あ、そうだ。ガルダが『奇跡』って力を使えるって言ってたじゃん？　魔王になった時に得た能力だって」

「うん。それが……？」

唐突な話の切り出しに、ミレディはやや当惑しながらも、聞き返した。

「あれ……何だかよくわからないけど、もらえたんだよ。よくわからないけど」

関西にお住まいの方々がよく使う、知らんけど、という言葉に近い。誰も知らないような貴重情報を口にして周りが驚いた後についてくる無責任極まりないアレ。その情報の信頼度が一気に崩れ落ちるやつだ。

俺もガルダに継承できたと言われただけで、いかんせん実感がないために、よくわからないけど、と付け足したのだ。

「もらえた？　わからないけど？」

当然、ミレディは困惑していた。

「俺も実感がないんだよ」

「そのためにガルダさんに呼ばれたの？」

「ああ、どうもそうらしいんだ……ガルダはこの先、俺の助けになるからって言うんだけど」

「やっぱり実感ない？」

ミレディに俺は首肯した。

彼女は逡巡《しゅんじゅん》するように顎《あご》に手をやる。

「ガルダさんに聞く限り、よくわからない力だからあまり頼るようにはなりたくないかな」

　ミレディがそう言うと、コーラスが付け加えた。

「元魔王の力ですよ。信用できません。無いものと思って行動しましょう」

　コーラスはやはりブレない。

　が、彼女の意見は一理ある。『奇跡』は実態が不明確な能力だ。ミレディの言葉を借りるなら、その力頼みになる状況はあまり好ましくない。従って、無いものとして今後の進退を決めても良さそうだ。

「で……元魔王はアスラの意志を聞いて何とほざいていたのですか？」

「会わせたい人がいるから、明日も来いってさ」

「はいぃ？」

　コーラスはその苛立《いらだ》ちを隠そうとせず、ひどくガラの悪い顔をした。そして彼女と出会って少しなのに、もうコーラスの口の悪さに慣れてきた自分が怖い。

「あん……っのクソ耳が。何を勝手なことをピーチクパーチクのたまい腐りやがってぇ……ほんっと頭に来ます」

　最後に少し上品な口調に直したつもりのようだが、色々と手遅れな台詞だった。

　その後もコーラスは、一旦面と向かって言ってやりますよ、だとか、人を呼び出す前にお前が来いっての、だとか、まあ言葉の限りを尽くして暴言や不満をそこら中にまき散らしていたが、社を出る頃には収まった。

ひとまずガルダの用が済んだ。俺たちは与えられた部屋……もとい小屋に戻ることにした。

「せっかくアスラが魔王を倒すと決めたというのに、待遇は改善されませんか……さすが元魔王が治めるクソ里」

コーラスの口がどんどん悪くなる……。

一旦、ガルダの話題は切り離そう。

「何か……色々と俺が決めちゃったけど良かったのかな」

「またその話ですか。良いのですよ。ミレディが良いと言っているのですから」

口調は穏やかに戻ったが、若干辟易《へきえき》としたコーラスの表情。

のちに里のエルフにより小屋に食事が運ばれた。

乾いたパンに、硬い肉。色の悪い山菜が少し。

コーラスの表情の原因はこれだ。火を見るよりも明らかとはこのこと。

「アスラは……私たちを思って魔王と戦ってくれるんでしょ？　私はその気持ちが嬉しい。手伝いたい……」

ミレディは食事に手をつけないでいるが、代わりに頬《ほお》をやや紅くさせる。

「アスラは『私たちのため』ではなく、ミレディのために魔王を倒すんですよ。ねぇ、アスラ?」

ねぇ、じゃねぇよ。

人の本心を皆まで言ってくれちゃってさ。

ミレディなんか顔真っ赤にし過ぎて下向いちゃったじゃん。

「ま、まあ……」

言いつつ、正直なところ俺も照れた。

いや、本心代弁されたんだから照れるしかなかろうもん。否定もしたくないし。

「二人して照れないでください。これからもっとすごいことをするんですから」

「す、すごいこと……」

思わず復唱してしまう。

その時にミレディと目が合った。

小屋の中央には囲炉裏《いろり》のような設備があり、火を挟んで座る俺たちは、炉端のお互いから目が離せなくなってしまう。

「追々でしょうが、子を成すのでしょう?」

が、コーラスの言葉に、口に含んでいた食物を思わず噴いてしまう。口から出た物は炎の中に消えた。

「な、なな、何言ってんだ？」

「別に今すぐとは言いませんよ？　しかし私個人としては、二人には別れてほしくありません。もっとも、別れる気などさらさらないでしょう？　ならば行き着く先には婚姻を結び、子を宿し、家庭を作ることが待ち受けています」

「い、今する話じゃないって言ってるんだよ」

「そうですか。この先何が起こるかわからなくなってきたので、口にしてしまいましたが、お二人にはお二人のペースがありますものね。時期尚早でした」

おいおいおい。言い出すだけ言い出しといて、引き際が良過ぎないか？　コーラスならもう少し食い下がっても良さそうなのに。

いや、彼女のことだから、俺とミレディにお互いを意識させるために焚《た》き付けたのか。

コーラスからすれば、俺たちの距離感がもどかしいんだろうよ。

けどさ……。

「と、とにかくまだ先の話だ。付き合ったばっかかなんだよ」

俺の言葉に、ミレディはこくこくと力強く同意する。

コーラスは、わかっていますよ、ときょとんとした顔をして承知したけど……本当にわかってんのかな、コイツ……。

俺とミレディの新しい関係はまだまだ始まったばかり。それにお互いが初めての相手今だ。

だ。この関係は大事にしたいし、何より初々しい時期は最初にしか存在しない。つまり、
　恋人同士となり新たな関係性が築かれ、お互いがお互いの距離感を計ろうと近付いては、少し離れるが、すぐに近付くという恋人特有の新鮮な空気感は、今だけ。

　囲炉裏《いろり》の小さな火を挟んで、うつむいたミレディの前髪の隙間から、こちらを覗《のぞ》く彼女の目が見えた。

　相変わらず耳も赤い。

「物足りませんね」

　さっさと食事を終えたコーラスはゴロンと寝転んだ。

　里のエルフたちの冷遇により、俺たちに与えられた食料はわずかだった。無理もない。

「失礼します」

　と、そこにヴィカが小屋に顔を出した。

「ささやかなものでしたが、お食事はお口に合いましたか？」

「ホントにささやかだったよ」

「すみません、里の者には私からちゃんと言っておきます」

　ヴィカは否定もせずに、苦笑いを浮かべる。

「ちゃんと言っておきますって……白色テントウに勝手に乗ったから怒られたんじゃなか

ったの？　里の者にさ」

「うっ……」

ヴィカはあからさまに痛いところを突かれた顔をする。

「せ、精霊様？　社にお風呂があるんですよ。ご一緒にいかがですか？」

露骨に話題を変えやがった。

「元魔王の里のエルフにしては良い心掛けです。行きましょう」

「ええ、是非。ツァイオンでの疲れ、お流しいたします」

「殊勝なことです。案内しなさい」

案の定、ヴィカは族長のガルダの言いつけを破り、白色テントウに乗ったことを、里の人間に説教されたようだ。

あの話の避けようは、こっぴどく怒られた証拠に違いない。

「行っちゃったね」

呆気にとられたようにミレディが呟《つぶや》く。

「何しに来たんだ、ヴィカのやつ」

「アスラも後でお風呂行く？」

「ん？　ああ、行くよ。ミレディも行くだろ？」

「……行く」

ミレディの顔の紅潮はやや収まり、伏せていた顔を少し上げてこちらを見ている。

囲炉裏《いろり》の中で、薪が小さく爆ぜ、火の粉を散らせる。火の粉はミレディの綺麗《きれい》な銀髪に鮮やかに反射していた。

ミレディの銀髪に魅入られた俺は、気付けば彼女の横に移動しようとして、その場で立ち上がっていた。

「……っ」

少し驚いた様子で、座ったまま俺を見上げるミレディ。

このまま座り直すのもバツが悪く感じた俺は、ええい、ままよ、と彼女の横に移動して腰を下ろした。

「っ……」

拒絶するわけでもなく、ただ肩を震わせたミレディは、しばらくすると座ったまま体重をこちらに預けてきた。

「いい匂い……」

「……っ?」

思わず口に出ていた。

ミレディがこちらに体重を預け、彼女の頭が俺の肩に乗れば、彼女の髪が鼻腔をくすぐるのは至極当然。良い匂いがするのも、また然り。

ミレディと二人きり。囲炉裏《いろり》の炎。その他様々な要因が重なり、俺の自制心はどこか崩れかけていた。

「や、やめてよ……山登って汗かいたし……雨に濡れてそのままだから臭いよ……」

ミレディはさっと俺から体を起こし、髪の毛を束ねて俺から離した。

「そんなことない。前から思ってたけど、いつもいい匂いがする」

俺って匂いフェチなのだろうか。

ミレディの肩を抱き寄せ、再び密着する。

安心する。

ミレディの温もり。懐かしい香り。優しい息遣い。

俺とミレディは、いつの間にか、その場に横になり、一緒に眠ってしまっていた。

◇◆◇

朝起きると、横を向いて寝るミレディに、後ろから抱き付くようにして俺は眠っていたことに気付く。

しかも腕枕をしていた。

それに俺とミレディを包むように掛けられた毛布……風呂から帰ってきたコーラスが掛

けてくれたのだろう。

そのコーラスは、ちゃんと布団を敷いてその上で寝息を立てていた。冷遇されている割には、布団や毛布は清潔である。

俺のわずかな体動にミレディも反応し、目を覚ます。

「おはよう……」

ミレディが顔を半分こちらに向け、目覚めの挨拶《あいさつ》を告げた。

なぜ朝からこうも良い匂いを放つことができるのか、女性という生き物はつくづく薄汚いオスとは異なる生き物であると思い知らされる。

思わず彼女の髪を撫《な》でた。

「昨日風呂入る前に二人して寝ちゃったんだな」

「私は長旅明けだし、アスラは意識戻ったばかりだし……疲れてたんだろうね。今から入る？」

「朝風呂か。いいね」

コーラスは変わらず眠ったまま。

小屋の外に出てみると、朝日が昇ったばかりで、里が山中にあるためか、霜が降りている。まだ外は肌寒く、人気もない。

小屋に置いてあった適当な手拭いを持ち、社に向かった。

朝の社は静かだった。山の風に社の木材が軋《きし》む音が聞こえるのみである。

ガルダのいる広間の手前に細い廊下があり、廊下を進むと中庭に通ずる出窓があった。

「露天かぁ」

風呂は中庭に設けられていた。

しかし男女を隔てる区切りはなく、純然たる湯船だけが広がっていた。いわゆる混浴である。

「じゅ、じゅん……」

あれ？　アスラ。お前今、順番に入ろう、って言おうとした？　俺たちはお付き合いをしているんだろう？　何を興ざめ発言しようとしてんだ。混浴一択だ。

「じゅん？」

「あ、いや……入ろうか」

「……うん」

ミレディは相変わらずの無表情。

混浴を意識しているのは俺だけなのか。

彼女は、ためらうことなく中庭に足を踏み入れる。中庭には衝立《ついたて》が二つ設けられており、おそらくそこが男女それぞれの脱衣所としての目隠しになっているのだ。

本当に入るのか？

ミレディの生まれたままの肢体《したい》を見る資格は……一応あるのか？

ああ、あるだろうとも。少なくともこの世界の中でその資格を持つに最も相応《ふさわ》しいのは恋人である俺であるはず。いや、そうでなくてはいけない。

などと困惑しながら脱衣をしていると、気付けば早々に全裸になっている自分に気が付いた。しまった、気がはやり過ぎた。これじゃがっついているようではないか。発情期の犬だ。

と、とりあえず……腰に手拭いを巻こう。

困惑どころの話じゃない。混乱だ。脳の処理能力が状況に追いついていない。

衝立から覗《のぞ》くと、ちょうど向かいの衝立から出てきたミレディがいた。

無論、全裸である。

もちろん小屋から持ってきた布で隠すところは隠しているが、所詮は手拭い。ただの布切れに過ぎない。上と下を同時に隠すことができても、その防御力はあまりにも危うい。

しかしミレディは風呂に入るという目的の前に、戻るに戻れず、硬い動きで湯船に向かった。

その頬《ほお》は茹蛸《ゆでだこ》のように紅く、意を決したような表情だった。

一応……意識はしてくれてるんだ……。

ミレディを目で追っていると、予期せず彼女の後ろ姿が目に入る。手拭いで隠しているのは前面のみ。可愛いオシ……もとい、後ろ姿が丸見えだった。

「……」

正直、見惚れた。

透明感があり、陶器のように白い肌。細身であるが、しかし女性らしい柔らかな感触が視覚から伝わってくる芸術がそこにはある。

なんか……知らん間に成長したなぁ。

内面に伴って、いつの間にか外見も大人になってたのか。

「アスラ見過ぎ……」

凝視していたのがバレた。

羞恥《しゅうち》と羞恥と少しの不満が混ざったような、ムッとした顔をするミレディ。

俺は思わず衝立に戻った。

でも彼女の顔が赤かったため、興奮は加速し、俺の脳内の反省は瞬く間にミレディの肢体の記憶で塗りつぶされてしまう。

すると俺のムスコが力強く主張を始め、衝立から出ようにも出られなくなった。

腰に巻いた手拭いにテントを張る。俺は手拭いを一度外し、衝立に掛けた。

「アスラ……入らないの？　冷めるわ」

湯船から俺の様子を見ていたのか、ミレディに声をかけられる。

「い、いや、ちょっと異常が……」

「まだ体の調子悪いの？」

「違う違う！　元気は元気なんだけど、起きちゃってさ……あ、異常が！　異常が起きちゃってんだよ！」

　我ながら何言ってんだ。異常なのは俺の頭だ。とにかく落ち着け。別のことを考えろ。萎《な》えるようなことを。

　何がいいかな……そうだ、ロジェだ。ロジェのことを考えよう。

　ロジェを頭に思い浮かべてすぐに、思いのほか早く状態異常は治った。

　ナイス、ロジェ。あいつがこんなふうに役に立つとは……俺は良い仲間を持ったんだな。

　俺は颯爽《さっそう》と衝立を出て、ミレディの待つ湯船に向かう。

　手拭いを衝立に掛けたまま。

「いやぁ、お待たせお待たせ」

「わ、わ、わ……っ」

　当然、ミレディは俺のモノを見ることになるわけで……。

　ミレディは手で顔を覆うも、指の隙間から覗《のぞ》く目がちゃんとモノを追っていた。

　軽い足取りで湯船に浸かり一息つくが、彼女の視線で気が付いた。

「あ……」

しかしここで動揺する俺ではない。別に隠すほど貧相ではないはずだし、恥ずかしいモノでもない。見たけりゃ見りゃいいさ。

「手拭い忘れて来ちゃったよ」

「もう……何してるの……」

「風呂に入るんだから当然だろ？　ミレディが入ろうって言い出したんじゃないか」

「そ、そうだけど……」

ミレディの顔がまだ赤い。湯気のせいではっきりとは見えないはずなんだけど……。その証拠に、ミレディの色んなところを目に焼き付けようにも、湯気と彼女の体に貼りついた手拭いで上手く見えない。

落ち着くためとは言え、思い浮かべちまったロジェのイメージを脳裏から払拭したかったのだが……。

でもまあ、当然だけど、隣にいるミレディが裸だと思うと、自然とロジェのイメージは消え、ミレディ一色になった。

そんなにはっきり見えないくせに一丁前に目のやり場に困ったので、露天風呂の外の景色を見ることにした。

遠くには山が見えて、山頂は雪が積もっているところもある。

景色を楽しみ、朝の心地良い空気を吸っていると、幾分か落ち着きを取り戻すことができた。

あんな山脈や高原をいくつもミレディは一人で越えてここまで来たんだな……。

「ミレディ……」

「なに……」

俺が呼びかけると、ミレディはムッと口をとがらせながら、見られまいとさらに強く手拭いを胸に押し当てる。

「そうじゃないって」

「さっきスケべな目で見てたのに？」

「嫌だった？」

「別に」

嫌じゃないのかよ。

「いやだからそうじゃなくてだな」

今度のミレディは口を挟もうとはせず、俺の話の続きを待った。

「改めて礼を言うよ。ありがとう」

「？」

唐突な俺のしおらしい態度に、彼女は首を傾げる。

「今、俺がこうして呑気《のんき》に露天風呂に浸かっていられるのは、全部ミレディのおかげだよ。命の恩人だ」

「まだそのこと気にしてるの？　もういいのに」

「だとしてもだ。返しきれないほどの恩だ」

「もう返してるよ？」

「え？」

「というか、今回私が恩を返したんだよ」

ミレディの言葉に、全力で思い当たる節を探すが、かすりもしなかった。

「わからない？」

大層愉快だと言うかのように、ミレディはふわりと笑う。

無表情が標準装備である彼女にしては、それはそれは珍しい表情だ。

「わ、わかんないよ」

そんな彼女の表情に心臓を鷲掴《わしづか》みにされ、体に激震が走る。

裸であるのに、淫靡《いんび》さやなまめかしさとは無縁の清らかで、明るい笑顔。

そうだ。

俺はこの表情を守るために、王都で彼女を守ろうと誓ったんだ。

「あ……」

王都で彼女を守った……ミレディは俺が精霊になった二年前の事件で、俺は彼女の命の恩人になっていたんだ。

だから今回、俺の病を治すために奮闘することが、ミレディにとっての恩返しだったということか。

「思い出した？」

「あんなの……俺がしたくてしたことなのに。恩なんか感じてほしくな……」

言いかけて、途中でやめた。

ミレディも同じ気持ちってことなのかな。

「ね？　私たちが助け合うのは当然のことなんだよ。魔王を倒すってアスラが決めたのなら、私は助けるし。私が危なくなったらアスラが助けてくれるんでしょ。助けられるのが当たり前ってふうには思いたくないけど、必要以上に恩を感じることもないんだから」

そう言って、ミレディはそっと後ろから俺の首に手を回し、抱き寄せた。

「アスラは、第一夜の時も、学園の汽車が襲われた時も、第二夜でも……何度も私のことを助けてくれてるんだよ。だから申し訳ないだなんて思わないで。私が困っちゃうよ……」

ミレディの前面を覆う薄い手拭い一枚越しに、彼女の感触が背中に伝わる。

俺の後頭部は彼女の肩口に落ち着き、超至近処理で彼女の頬《ほお》を見上げる形となった。

ミレディの方が、手足が俺よりやや長い。

これが……俺が二年間精霊やってたために生じた成長の差か。

いや、この感触はもはや成長の暴力と言っても良い。

俺は彼女に体重を預けた。

のぼせてしまいそうだ……が、しかし、この夢見心地の時間をのぼせなどの下らない理由で無駄にはしたくない。

ミレディに何と答えればよいかわからなかったが、後ろから俺を抱く彼女の腕を、俺は強く抱き寄せ、さらに密着した。

湯船から出たのは、もうしばらくしてからである。

◇◆◇

「ワーストユニオン？」

小屋に戻ると、コーラスは目覚めており、普段の服に着替えていた。

本物の精霊は人工精霊とは違い、完全な魔力体であるため、服装も自由に変えられるらしい。

普段着は、大抵、人間に供えられた服を模して身につけるらしいが、朝起きるとコーラスは寝間着になって寝ていた。

理由は動きやすいからとのこと。

人工精霊は代謝がないから体が汚れることはないが、純粋な魔力体ではないため、着る服は必要だった。

やはり本物精霊は人工精霊の上位互換。

そんなコーラスが、風呂から戻った俺とミレディに聞いたのだ。

昨日、魔物の群れを倒す時に合体した技は何なのか、と。

「ああ、初めて俺が魔力の装備になってミレディに装着した時は、周りの人間にそう呼ばれてたよ」

「興味本位ですが、その由来を聞いても?」

「うーんと、あれは確か……あ、そうそう、俺のワーストユニオンって、『アタリ』と『ハズレ』、あと『大ハズレ』があるんだ」

「くじ引きか何かですか?」

「まあそんなとこ。『アタリ』と『ハズレ』はいいんだけど、『大ハズレ』が出ちゃうと、俺はただの露出の多い服になるだけで、それを着たやつは俺に魔力を吸われるだけっていう……」

「なるほど……その『大ハズレ』をミレディが着る時に引いてしまい、『最低合体』と……」

「まあ……そんなとこ……」

俺とミレディの共有黒歴史だ。忘れたい。特にその天才的なまでにしっくりくるネーミングを。

「ちなみに昨日のは『アタリ』。俺の精霊としての力を全部使えるようになるんだ」

「なるほど……すさまじい能力ですね。だから『大ハズレ』というデメリットがあるのでしょうか」

「デメリット？　それが普通じゃないのか？」

「ええ、随分と稀なケースです。というか、見たことがありません。本来、神級精霊は自らが霊基《れいき》で構成された武器となり、それを契約者が使えるようにするのです」

「これのこと？」

俺は霊基の鎖鎌《くさりがま》を出して見せる。

質感や性質は金属そのものだが、構成しているのは霊基という謎の物質。

もしかすると、任意の物質の代用品になりうる新物質が、霊基になるのかもしれない
……と俺は踏んでいる。

「はい。本来は神級精霊のアスラが鎖鎌になるはずなのですが、アスラは違います。はっきり言って異常かと……」

「異常……」

ミレディが茫然《ぼうぜん》と独りごちる。

「私は霊基《れいき》武器に一度なれば、同時進行で契約者が装着できる鎧《よろい》になることはできません。しかし、アスラの本体は霊基武器ではなく、ミレディを守る鎧の方ですね……やはりそこは人工精霊だからというのが、イレギュラーの理由になるのでしょうか」

「昨日ので随分と考察してるんだな……」

「当然です。情報は力です。多いに越したことはありません」

「まあ、なんだ。神級精霊に本来ないはずの鎧が俺にはあるってメリットが、『大ハズレ』ってデメリットを生んだってのはわかる気がするな」

こう考えるのはどうだろう。前世にあるゲームと同じだ。

パワーがありすぎるキャラには、必ず操作が難しいとか、動きが遅いなどのデメリットで調整が施される。

その調整というのは、バランスだ。

人工精霊だという理由だけで、俺一人がプラスで能力を得られるなどというのは話が出来すぎている。

神級精霊だけが霊基を操ることができるのが、この世界だ。

本来、霊基武器になる能力のみのところ、鎧にもなれるというメリットには、『大ハズレ』というシステムと付け加えることで何らかのパワーバランスが保たれているのではないか。

「しかしロマンチックな能力です」

「何が」

「何がですって？　おわかりにならないのですか、嘆かわしい。あなたの能力ですよ。本来は霊基武器になる神級精霊が、契約者であるミレディを守りたい一心で、あくまで霊基武器は付属品に留め、自身は愛する者を守るための鎧となる能力を選んだのですよ。これをロマンチックと呼ばずに何と呼びますか!?」

まーた始まったぞ、コーラスの恋愛論。

情報は力と言い、鋭い考察力を見せた矢先にこれだ。

ロマンチックなことに目がないのは玉に瑕《きず》である。

「これは推測ですが、アスラは人間から精霊になった前例がない神級精霊です。霊基武器より優先したい能力を選ぶなどという意志は、魔力から生まれた私たち精霊には考えたこともないことですが、人工精霊のあなたには、あったのかもしれませんね」

「随分と耳触りの良い言い方をするんだな」

推測というよりかは、ロマンチストのコーラスの場合、希望的なものだ。

だけど、普通の神級精霊にはないものだと言われると、ミレディのために生まれた能力なのだと思いたくなる。

俺の霊基《れいき》の鎖鎌《くさりがま》……コーラスが霊基武器と言っていたものは、あくまで付属品。おまけだ。

俺の本命の力は、ミレディを守るためにあるのだと。

魔参謀バルパスっつったっけ？　もしこの先、あいつに会うことがあれば、そう言ってやるのだ。

「お世辞などではありませんよ。私は本気で言ってるんです」

「わかってるさ。俺も自分の力がミレディのためにあるんだって思いたい」

「おおお。何と素晴らしい言葉でしょう、アスラ……」

恍惚《こうこつ》とした表情を浮かべるコーラス。

愛と癒しを司る精霊なのはわかるが、その表情は神級精霊としていかがなものか。

「ミレディも聞きましたか、今の言葉。どんな気持ちですか、ねぇどんな気持ちですか？」

コーラスはミレディに詰め寄り、執拗《しつよう》に感情を引き出そうとする。

「そんな強引な聞き方があるか。ていうか聞くな」

ぱしっ！

「あたっ！　アスラ……あなた神級精霊の頭をはたきましたね!?」

コーラスの頭を叩いて止める。

親父にもぶたれたことないのに、と言い出しかねないこの神級精霊は愛とロマンスに飢えている。飢えすぎだ。

恋愛やロマンスのこととなると頭のネジが二、三本飛んでいるんだと思う。神級精霊だが、場合によっちゃぁクシャトリアやアルタイルよりもアホかもしれん。

「うるさい。またやったら次は股間《こかん》を蹴《け》り上げるからな」

「ううう……これでも一応女性型の精霊だというのに……」

俺に叩かれた脳天を押さえながら恨めし気に半眼になって言うコーラス。

「とにかくだ。俺の霊基武器や鎧《よろい》のことはわかっただろう？」

「はい、わかりましたが……何か先を急ぐことでも？」

風呂上がりの俺たちが軽く身支度をしていると、コーラスは素《す》っ頓狂《とんきょう》なことを言う。

「おいおい、今日も族長のいる社に向かうって言ってたじゃないか」

「そうでしたっけ？」

めちゃくちゃ気のない返事だ。

むしろ聞くまでもなく一緒に来なさそうなんだけど。

「ここにいるか？」

「うーん……里の中を見て回っています。あの元クソ魔王……じゃなかったクソ族長には
よろしくお伝えください」

訂正するのそこかよ……。いつまで経っても『クソ』は取れない。言葉だけならガルダはもうクソまみれだ。

コーラスもああ言ってるし、俺はミレディと二人で社に行くことにした。

宣言通り、コーラスはエルフの里の中を見物して回り始める。

しかし、あいつ一人で大丈夫かね。ただでさえ元魔王だと毛嫌いしているガルダが族長を務める里なのに。

ミレディとガルダの待つ社に辿り着く。

俺たちはいつまでここにいるんだろう、とふと思う。ずっとここにいるってわけにもいかないし。魔王のいる魔大陸ってとこに行く計画を立てて……いや、その前に情報集めだ。何から手を付ければいいかわからない。

というか現時点では急ぎの話でもない。

ぼちぼち考えていくしかないかぁ……。

明日のことは明日に案じよって言葉の存在が今はありがたい。

社の広間に入ると、人影が二人分あった。

一人はガルダ。もう一人は……。

「アスラ……」

俺の名前を呼ぶ。

懐かしい声だった。

快活な印象を受ける小麦色の肌。

俺はミレディを広間の入り口に置いて、駆け出していた。

遠い昔に感じられるほど、濃密で充実した時間を共に過ごした人。

一度は離れ離れになったが、その人物から教わった思いやりや優しさは、風化することなく、俺という人間を構築する一部として今も根付いている。

「ジュリア――」

80話　旅の仲間

黒く長い髪を後ろで結っており、動き易そうな黒いタンクトップにパレオのようなスリットが入ったスカート。

八年前に俺がフォンタリウスの屋敷を追い出されてから、三年間……だったかな……世話になった兄妹の一人。

レオナルドを兄に持つジュリアだ。

昔のままのジュリアだ……。

解放軍が王都に攻め込んだ『第一夜』で離れ離れになり、その後の消息がわからないでいた。

レオナルドの書置きに無事だって書いてあったから多少は安心していたんだけど……まさかこんな形で会うことになろうとは……。

レオナルドは『第一夜』の時、解放軍のメンバーだとわかった。

しかし、解放軍が滅亡してもレオナルドの情報は一向に集まらない。

そんな時だったのだから、ここにジュリアがいたことに驚きを隠せなかった。

だけど、以前と異なる点がひとつ。

「ジュリア……その耳……」

そう、ジュリアの耳は、エルフのように長く先の尖《とが》った形に変貌していた。

五年前は彼女のことを割とエロい目で見ていたから、よく覚えている。彼女の耳は長耳族のそれではないのだ。

「あはは……久しぶり、ね。耳のこともそうだけど、いろいろ話したいの……あの、そっちの人は……？」

ジュリアは昔の天真爛漫《てんしんらんまん》なイメージが嘘のように、気まずそうにミレディを見た。

ミレディは反応し、俺の横に来る。

「彼女はミレディ＝フォンタリウス……って言えばわかるよな」

ジュリアたち兄妹には、俺がフォンタリウスの屋敷を追い出されたこと、屋敷での生活のことは話してあった。

彼女もどうやら覚えていてくれたようで、静かに頷《うなず》く。

「フォンタリウス家を見返すって言ってたけど、見返すことできたのかしら？」

ああー、言ってたな、そんなこと。

屋敷を追い出された悔しさと反骨精神に任せて息巻いてたっけ。

「見返すっていうか……付き合ってる……」

「え？」

ジュリアは目を丸くさせながら、俺とミレディを見比べる。

「これと……貴族のご令嬢が？　嘘でしょ？」

「おい、これとか言うな」

前言撤回。やっぱりこいつ正真正銘ジュリアだ。

久々に会うってもんだから気まずいのかと心配してやったらすぐこれだよ。

「お嬢さん、悪いこと言わないからコイツはやめときなさい？」

「あの……アスラ……この人……」

ジュリアの謎の圧にミレディが戸惑っている。

「ほら、ちょっと話したことあったじゃん。屋敷を出た後すぐに世話になった冒険者兄妹の妹の方」

「ああ……」

ミレディからすれば、聞いたことあるかも、程度の人物なんだろう、ジュリアって生き物は。

そんな生き物に初対面で早々に詰め寄られるのだから戸惑うなという方が無理だ。

「いやぁ、ガルダ様から話は聞いたけど、アスラ……あんたが王都を守ってたとはね」

「じ、じゃあ……レオナルドのことは……？」

「うん……ていうか昔から知ってた。さすがに解放軍のボス猿がゼフツ＝フォンタリウスだとは知らなかったけど」

「はあ!? なら、なんで──────ッ」

「待って待って。私たちにも事情があったのよ。それを話すから」

ジュリアは若干怯《おび》えるような目で俺を見た。

五年前とは明らかに違う。畏怖《いふ》の目だ。

昔は剣術を教わっていた師だというのに。

ジュリアは言葉を一つ一つ選びながら、ゆっくりと話し出した。

「私と兄さんね……魔人と人間の間に生まれた兄妹なのよ」

照れ隠しをするかのように、実は、とはにかみながら話すジュリアだが、緊張が彼女の言葉の節々から見て取れた。

何を言い出すかと思えば。どこまで遡って話を始めるんだ。

「ど、どっちが魔人だったの……？」

「父親が魔人だったんだけど……気になるのって……そ、そこなの？」

あ、そこじゃないわコレ。真面目な話だった。

いやでも気にならない？

だって男の魔人って聞いたらウィラメッカスのビーフシチュー屋してるディミトロフを思い浮かべるんだけど。どこの酔狂な女があんなミノタウロスみたいな男を選ぶのか俺には気になった。

「気にならないの？　ミレディも気になるよね？」

「私は……別に……」

「そう言えばアスラってそういうやつだったわね」

急に白い目をするジュリア。久しぶりの再会だというのにもうこれか。

「彼女さん引いてるわよ、アスラ」

「アスラのことはいいので続きを……」

ミレディまで……なんたる悲劇。

「ふふふ……」

ガルダお前なにを隣で笑っとんだ。

ジュリアはミレディに促され、先を話した。

「魔人と人の子っていうのは、成長するにつれて、人の姿から魔人に変わっていくものなのよ。私と兄さんは魔人化って呼んでいたんだけど、私たちは薬でそれを抑えていたの」

「薬……？」

「そう。エバー剤って名前なんだけど……」

初耳だ。どうやらミレディも同じようで、二人とも首を横に振る。

「そうよね……。その薬ね、解放軍が魔法研究所から秘密裏に仕入れてた薬だったのよ」

当時の魔法研究所の所長は解放軍の親玉でもあるゼフツだった。つながっていたと聞いても、今更俺たちには何の疑問もなかった。

だからレオナルドは解放軍の構成員として働く対価として、エバー剤を受け取っていたのだ。

しかし、俺がミレディと解放軍のアジトを潰し、解放軍そのものを壊滅させたことで、薬の仕入れはおろか、イヴァンの父親であるダリクが魔法研究所の新所長に就任してからは、研究所で生産されることすらなくなったのだから、レオナルドとジュリアの魔人化が進むことにも得心がいく。

「なるほど……話が見えてきた。じゃあジュリアは今、魔人なのか？　それに、レオナルドは今どこに？」

ジュリアは、俺の理解力に、さすが解放軍を壊滅させた張本人、話が早い、と暗い顔で言う。

褒めているのか、けなしているのか、俺にはわからない。

だけど間違ったことをしたとも思っていない。

ミレディが解放軍に狙われていて、もし捕まれば彼女が人工精霊にされる。

それだけでも解放軍を潰す理由として、俺には充分すぎた。

「私はエルフ型の半分魔人で半分人間って感じ。耳がとがっただけ。でも、兄さんは……」

しばし言い淀んでから、ジュリアはまた続きを話した。

「兄さんはエバー剤が効かなくなって……私よりも魔人化が進んで、完全に魔人化したの。だから兄さんは半魔人の私と違って、魔人と同じ極致魔法を使えるし、体も私よりも魔人らしくなったわ。それに……」

と、そこまで早口で話すジュリアは、とうとう涙をこぼし始めた。それは滂沱《ぼうだ》のようだった。

「元々は人間なのに……っ！　次期魔王にまで……選ばれて――――！」

「な……っ!?」

さすがに戦慄《せんりつ》を禁じ得なかった。

レオナルドが……次期魔王だって？

何かの間違いじゃないのか、そう思いたかった。

が、しかし、ジュリアは冗談を言うような状況ではない。その上、ガルダまで首を縦に振り、それを認めた。

「な、なんてこった……」

俺は思わず尻餅《しりもち》をつく。

体の力が一気に抜けてしまったのだ。

俺が息巻いて倒すと決めた相手は、過去の師であり、友人であり、兄であるレオナルドだった。

もしこれが舞台なのだとしたら、脚本家は悲劇狂いかサイコパスに違いない。息ができない。心臓の音が強く耳を打つ。

「アスラ……」

ミレディが俺の横にひざまずき、俺の肩を支えてくれた。

「レオナルドっていう人が、ジュリアさんのお兄さんで、現魔王なんですか……？」

「ええ、そうよ」

ミレディの確認に、ジュリアは力強く頷《うなず》いた。

「じ……じゃあ……」

魔参謀バルパスは、魔王の側近であるとガルダは言っていた。

魔王の手先……。

つまり、今、人間の街を襲っているのは、魔王であるレオナルドの意志だということなのか？

いやいや、お前……そんなことできるやつじゃなかっただろう……っ。

何がどうなってんだか、さっぱりだよ。

レオナルドが魔王として、魔参謀バルパスに、人間を魔物に襲わせるように命じた。

その結論はあまりにも残酷で非道である。世界にとっても、俺にとっても。

「ガルダ……魔参謀ってのは魔王の側近なんだよな？」

「ええ……ジュリアのお兄さんが魔王というのなら、ツァイオンを魔物に襲わせたのは……残念だけど……」

これが……これが……病を乗り越えてエルフの里に辿り着いた俺たちを待ち受けることなのか。

俺は自分の人生を呪いそうになった。

まだ諦《あきら》めちゃいないが……。

「っていうか、レオナルドってそんなことできるやつだっけ……？」

「――――そうなのよッ！」

ジュリアはその言葉を待ってましたと言わんばかりの勢いで、目を見開いた。

俺は食い気味に放たれた咆哮《ほうこう》にも似た大声に、思わず気圧《けお》される。

「兄さんって見た目はイケイケなのにモテなかったり、剣術はすごいのに臆病だったり、強がるのに変なところ気にしいだったり……！」

ジュリアの一言一言に、俺は納得できた。

レオナルドってのは強がってみせているが、いつも臆病で優しいやつなんだ。

とても魔物に人を襲わせたりできる精神力は持ち合わせていない。

「街に魔物の群れを送るなんて……兄さんじゃない……！」

ジュリアは悔しそうに言い切った。

でも、その気持ちは痛いほどにわかった。

俺たちの知るレオナルドはそんな人間じゃない。魔王なのだとしても、中身が同じなら、そんなことできるはずがないんだ。

「それを確かめるためにも……行けばいいんだよ、アスラ……」

そこで、どんよりとした空気を切り裂いたのは、ミレディの一言だった。

夜明けを知らせる朝日の閃光《せんこう》のように、ミレディの言葉は俺たちを震わせた。

「……ありがとう。ミレディさん。兄さんのところに行くっていうのなら、私も行くわ」

ジュリアの悔しそうな表情は、いつの間にか穏やかな微笑みに変わっていた。

そして何より、俺はミレディがそう言ってくれるのが嬉しかった。

なぜ彼女はこんなにも俺を照らしてくれるのだろう。

無表情？

無口？

無愛想？

とんでもない。

彼女は俺の太陽で、俺の一等星、俺の道標じゃないか。

ジュリアもジュリアでレオナルドのことが心配なんだ。

解放軍が最初に王都へ侵攻した『第一夜』で、ジュリアは安全なエルフの里に送られてから、レオナルドは音信不通なのだとか。

「力強いよ。レオナルドはジュリアには弱かったから」

「んふふ、そうだったわね」

ジュリアは笑う。

「でもなんで俺たちが魔王を倒しに……って倒しちゃだめか……その旅に出ることを知っ

てたんだ？」

「里のエルフの子に聞いたわよ。金髪の」

金髪エルフだと……？

あいつかぁあああ。

あいつしかいない。

すると、まるで待っていたかというように、勢いよく広間の扉が開かれた。

「私も行きますッ!!」

まさかご本人の方がいらっしゃるとは。

「いけない子……立ち聞きしていたのね」

ガルダがヴィカを諫《いさ》めるも、ヴィカは力強くこちらに歩いてきた。

「これ以上アスラ様が危ない橋を渡るのを黙って見ていられません！　私も行きます！」

「いや、行きますって……行き先は魔物がわんさかいる魔大陸だぞ？　俺よりもヴィカが危ないって」

「私は戦えませんが、皆様のサポートをします。指をくわえてここで待つだけなんて、できません。アスラ様を送り出すのはもう嫌なんです……！」

「……屋敷でのことを言っているのか……？」

フォンタリウスの屋敷を追い出される時、ミレディとヴィカだけは俺を何とか支えようとしてくれていた。

その時、ヴィカは俺のことを想って泣いてくれたのを今もよく覚えている。

「屋敷でのことは関係ありません……っ、ぐすっ……何と言われようと行きますから……」

昔、屋敷で別れたことを思い出してしまったのか、ヴィカは涙目になりながらも、鼻をすすって涙をこらえていた。

「わかったよ。俺たちだけじゃ長旅はとても無理だ。戦い以外のことを支えてほしい。ミレディもいいよな？」

ミレディもすぐにこくりと頷《うなず》く。

ヴィカは了承されるとは思っていなかったのか、目を見開いて喜んだ。

「いいの？　あなたたちだけの方が旅は早いんじゃない？」

ガルダが念を押す。

その視線に、ヴィカは固まり、声には出ていないが口元が明らかに「やっばぁ」と動いていた。

「旅は戦いだけじゃないんだ。旅の経路や資金、他にも色んな計画や管理を任せられる人が必要なんだ。俺たちは戦いに集中したい」

「そういうことなら……決まりね」

ガルダの顔には言っても無駄ね、と書いていた。

最後に、ガルダが呟ばらいをして、締めくくる。

「あなたたちは今から旅が結ぶ仲間よ。帰って来るのを待っているわ」

良い激励だ。短いが心に響く。特に旅の仲間ってのがいい。

これから冒険じゃないとわかってはいるが、少し浮足立っている雰囲気があった。特に俺とジュリアに。

さあ、どこから目指そうか。

「と、その前に」

ヴィカが手を挙げた。

「なんだよヴィカ。今から出発するって盛り上がりの時に」

「アスラ様はまずは体を休めてください」

「な!?」

「そうだよ。まずは休んで」

「ミレディまで!?」

ヴィカが言うには、俺の意識がなく、ミレディとフォルマッジに里に運び込まれた時、顔色が相当悪かったらしいのだ。

しかもそれが昨日のこと。

ミレディの極致魔法になった治癒魔法でも、いくらなんでも休養がなさすぎだと、ヴィカとミレディの二方向から強く指摘された。

「それに資金がありません」

「資金？」

「はい。まずは魔大陸への経路を決める必要があります。経路を知ってる人はいますか？」

ヴィカの言葉に、元魔王のガルダを含めて、誰も名乗り出ない。

まじか……誰かは知っていると思っていた俺が甘かった……。

「では経路の情報収集から始めて、それと同時進行で資金集めをしましょう」

あ、これヴィカがいなかったら本格的にやばかったやつだ。

旅どころか、出発したその日のうちに準備不足で帰って来るハメになるところだった。

俺が魔大陸に行くこと決めたのに。言い出したの俺なのに……ヴィカが仕切り始めて、リーダー感持って行かれてる……。

その後はヴィカが資金集めと情報収集を行う期限をざっくりと決めて、その期日まではそれぞれが旅の準備をすることになった。

資金集め組は俺とミレディとコーラス。情報収集組はヴィカとジュリアだ。

俺とミレディは、山麓都市ツァイオンに戻り、そこを拠点にして冒険者の仕事で金を稼ごうと話し合った。

ミレディはマナに会いたがっていたし、エルフの里は人間の俺たちを歓迎していなかったから、里を出るのは一石二鳥だと考えたのだ。

大広間で集まった直後には、里を出る準備をすることになった。

別れ際に、ガルダにこっそりとこんなことを言われた。

「ありがとう。こんな異世界の問題を引き受けてくれて……ずっとお礼を言えてなかったものだから……」

最初で最後のガルダのしおらしい表情だった。

「気にするなよ。こっちも案外楽しいからさ」

「そう言ってくれると助かるわ」

「俺もいつかミレディたちに前世のことを話すよ」

「そう……あの子たちなら大丈夫よ、きっと」

「だろうな。そしたらさ、前の世界のこと色々話しにまたここに来るよ」

ガルダにそう言うと、彼女は笑った。

綺麗《きれい》なソプラノの声だ。

夢の中ではウサギの姿だったから……笑うとこんな顔するんだな。

俺が体を休めるのはツァイオンに到着してからということになり、一先《ひとま》ず、ミレディたちとエルフの里を出た。

「山の下までご案内いたします」

里を出たところに、ヴィカとジュリアが待っていた。麓《ふもと》まで送ってくれるらしい。俺たちはヴィカについて行くことにした。

ミレディとコーラスは自分で歩くと申し出て、フォルマッジの背中を俺に譲ってくれた。二人はフォルマッジの手綱を引きながら、何やら話している。その間、手持ち無沙汰《ぶさた》そうに山道を眺めているようにでも見えたのか、フォルマッジに乗る俺を見上げる形でジュリアが話しかけてきた。

「私とヴィカは里を中心に情報集めをするから、たまには顔出しに来てね」

「うん。ジュリアこそ情報収集でどこかに足を延ばした時は、ツァイオンにも寄ってよ」

「ええ。もちろん」

しかし、ジュリアの本題はこれからだったようだ。何か溜め込んだものを吐き出すように、ゆっくりとした口調で話を続ける。

「ねえ、アスラ」

「うん？」

「五年前の精霊祭で、なんでウサギの仮面を渡したかわかる？」

なんだ、やぶから棒に。

「え？　可愛いからだろ？　ジュリア言ってたじゃん」

「それもあるんだけど……エルフの里の言い伝えでは、耳の長いウサギは神様の使いと言われていてね、神聖視されているの。里を守ってくれるからだって……」

「なるほど……。だからか」

　エルフたち長耳族は、自分たちと同じ、耳の長い動物であるウサギに神威を感じるらしく、大事な存在だと認識しているようなのだ。

　それゆえ、エルフ型の半魔人であるジュリアは、エルフの里の守り神のような存在であるウサギの仮面を、俺に渡したのだ。

　守り神の仮面か……。

　五年前の時点で、ジュリアは魔人化が進んでいることを知っていたのだ。自分がエルフ型の魔人に近付いていることを。

「でも今はアスラがウサギみたいね。あの仮面を選んでよかったわ」

「今でも持ってるよ。あの仮面で顔を隠す場面はあんまりないけど……」

「里の言い伝えは本当みたいね。あなたこそが、あのウサギの仮面をつけるに相応《ふさわ》しいわ」

　ジュリアがウサギの仮面を俺に渡した理由にこんな秘密がね……。

　五年前の俺に教えてやりたいよ。

これからもっと大変で、もっと壮絶な人生が待ち受けてるぞって。

俺はフード付きマントのポケットに入っているウサギの仮面を、ポケットの中で触りながら、山を下りた。

〈『無属性魔法の救世主11』につづく〉

この作品に対するご感想、ご意見をお寄せください。

●あて先●

〒101-0052 東京都千代田区神田小川町3-3
主婦の友インフォス　ヒーロー文庫編集部

「武藤健太先生」係
「るろお先生」係

ヒーロー文庫

ヒーロー文庫

無属性魔法《むぞくせいまほう》の救世主《メサイア》 10

武藤健太《むとうけんた》

2022年6月10日　第1刷発行

発行者　前田起也

発行所　株式会社　主婦の友インフォス
〒101-0052 東京都千代田区神田小川町 3-3
電話／ 03-6273-7850（編集）

発売元　株式会社　主婦の友社
〒141-0021
東京都品川区上大崎 3-1-1 目黒セントラルスクエア
電話／ 03-5280-7551（販売）

印刷所　大日本印刷株式会社

ISBN 978-4-07-452009-1